每一场遇见，都不是为了说再见

王永光 著

北京时代华文书局

图书在版编目（CIP）数据

每一场遇见，都不是为了说再见 / 王永光著. —北京：北京时代华文书局，2017.4

ISBN 978-7-5699-1517-4

Ⅰ. ①每… Ⅱ. ①王… Ⅲ. ①长篇小说－中国－当代 Ⅳ. ①I247.5

中国版本图书馆CIP数据核字(2017)第064805号

每一场遇见，都不是为了说再见

MEI YICHANG YUJIAN DOU BUSHI WEILE SHUO ZAIJIAN

著　　者 | 王永光

出 版 人 | 王训海
策划编辑 | 李　强
责任编辑 | 李　强
装帧设计 | 仙境书品
责任印制 | 刘　银　訾　敬

出版发行 | 北京时代华文书局 http://www.bjsdsj.com.cn
北京市东城区安定门外大街136号皇城国际大厦A座8楼
邮编：100011　电话：010-64267955　64267677
印　　刷 | 北京华创印务有限公司 010-61424591
（如发现印装质量问题，请与印刷厂联系调换）
开　　本 | 880mm×1230mm　1/32　　印　　张 | 9　　字　　数 | 120千字
版　　次 | 2017年5月第1版　　印　　次 | 2017年5月第1次印刷
书　　号 | ISBN 978-7-5699-1517-4
定　　价 | 35.00元

前言

PREFACE

生命是一场繁华的遇见，这繁华有花开，亦有花落。遇见，是花开绚烂的妖娆；分离，也有落英的绝美。一切皆因为在意。

因为在意，所以聚与散都关乎情感。世间的每一场遇见，都不是为了最后说再见。世事无常，人生充满了那么多不可预料，但我们能确定的是，心里那份可贵的在意。

这里的文字写的便是那份“在意”：有欢笑，有悲伤，有温暖，也有孤独。那些平凡邂逅之人，以及他们相恋、相离的故事，有时写到大笑，有时写到落泪，有时胸中万语千言，笔端却难着一字。

虽然，生命中有些人注定只是擦肩而过，终会在滚滚红尘，说一句“相忘于江湖”而各自奔忙。江湖浩渺，每个人都努力地划着手中的桨，期望到达理想的彼岸；生活的圆桌上，柴米油盐酸甜苦辣，也都有各自的滋味。

然而，不管我们奔波什么，忙碌什么；不管这个社会如何功利、复杂、浮躁；不管我们要面对多少不完美、不尽人意，在每个人的心里都存着那么一份孤单的柔软。那份柔软无关江湖，无关烟火，无关利益，无关圈子，无关你所要面对的人情冷暖、世态炎凉。

那份柔软，就是我们爱过。

曾把最纯粹的青春留给了某一座城市，将义无反顾的爱情留给了某个人。有笑，有泪，有幸福，也有遗憾与悲伤。年少时曾把梦想看得胜过生命，也曾把爱情看得胜过全世界。我们是那么轻易相信“唯一”，也曾那么轻易将“唯一”看作全部，这就是我们倔强的青春啊！

曾放肆地喝多了，毫不掩饰地、大胆地唱了那首跑调的情歌，又毫不顾忌地骂了街，然后，又莫名地泪流满面。那年的男孩，你那热血的江湖梦实现了吗？是依然为此而不懈地努力着，还是早早褪去了身上那股狂放不羁，如常般碌碌苟且？那年的女孩，你心里一直都装着的“水晶梦”如愿了吗？是一路踮着足尖浅试轻尝过爱情的美妙，幸福拥抱了梦中的完美，还是随波逐流，只为自己找了一个安放孤单身体、寂寞心灵的小窝，经营着自己的烟火世俗？

直到我们都真正地长大，才终于明白：说过一万句“我喜欢”，都抵不过那一句“我爱你”。

只是好久不见，你还好吗？

作者于 2017 年 5 月

目 录 CONTENTS

第一辑

许你此生，予我流年，不分手

你我，于这千万人之中遇见，是世界给我们的一场幸运，像蝴蝶经过一朵花开，像流云挽住霞光的衣袖，像鱼儿缱绻一株水草。我许你此生，你予我流年，相伴相随一程又一程，直到地老天荒。

第二辑

守一座城池，等你来兑现那份地老天荒

因为你的美，我停下流浪的脚步；因为你的暖，我忘记了全世界。为爱守住一座城，为爱交换一颗心。世界那么大，但我知道，没有一个梦想能胜过：你和我，在一起。

第三辑

你是此生最美的相遇

爱上你，我才变得那么勇敢。不管世事无常，我都为你保留内心那份柔软；不管随你四处漂泊，还是为爱背井离乡，我都坚信你是此生最美的相遇。

第一辑

许你此生，予我流年，不分手

你我，于这千万人之中遇见，是世界给我们的一场幸运，像蝴蝶经过一朵花开，像流云挽住霞光的衣袖，像鱼儿缱绻一株水草。我许你此生，你予我流年，相伴相随一程又一程，直到地老天荒。

世界给我们一场幸运的相遇，
我们努力还世界一片美好

1

2008年的秋天，我喜欢上一个女孩儿。

那年，我刚从一座三线城市的二本院校毕业，工作丝毫没有着落，本来安逸无忧的大学生活一下子陷入了无边的迷茫中，才清醒地明白：这个世界不只是有学校，不只是有上下铺，不只是有食堂，不只是有网络游戏。这个世界一下子大到我们有些无所适从，大到我们再也看不到自己的理想，它像海洋一般广阔无垠。

而我就像海洋里的一条盲目而孤独的鱼。在四处游荡了三个月之后，我进入一家医药公司落脚。

2

我的入职岗位是行政，就是内勤打杂，一个谁都能使唤的小杂役、小催巴儿、小跟班。扫地、擦桌子、倒烟灰缸、刷马桶等，为大大小小的“领导”们烧水、沏茶、买早餐、买烟，等等，这些就是我每天的工作。

我的组长是个又高又白又胖三十八岁的大姐，人特好，工作也卖力。大姐离婚五年了，现在自己带着十四岁的儿子。大姐的儿子浑身上下都穿着运动名牌，每天上着各种各样的辅导班、特长班，但学习似乎几科加起来也从没有超过一百分。尽管如此，大姐还是把他送进了全市最好的初中，每天车接车送，雷打不动。

大姐有时候叫外卖，会多买一份，然后往我手里一塞，就说一个字“吃”，我要给钱，大姐瞪着眼，说：“你骂姐呢？”所以，大姐人特好。

3

我每天像无头苍蝇似的一顿瞎忙之后，回到那个十几平方米的阁楼出租屋，躺在那张硌得全身生疼的硬木板床上，常常像个傻瓜一样地思考：这就是我的人生吗？而后，却绝望地流不出一滴眼泪。

我就是在那一段灰暗的时光里遇见小落的。

我不敢出门看大街上的繁华与奢靡，只好窝在家里以方便面敷衍饥饿。一场秋雨过后，天冷了，我正在行李包里翻找着去年穿过的秋裤。这时，楼道里突然传来一阵嬉笑声，长时间的晦暗寂寞让我几乎对任何声音都有着强烈的敏感与好奇。于是我在自己的家里却像个贼似的透过门镜，窥探屋外的世界——有一群嬉戏的年轻女孩子，她们都穿着花花绿绿的短裙，但都没有穿秋裤。

她们更像这个世界里的一条条鱼，红的、黄的、金色的鱼，她们似乎从来不怕寒冷。

小落也是这其中的一条。

4

小落高高的额头、水灵灵的眼睛，尤其是那一脸温柔的笑，给我留下极深的印象。于是，在那一条条鱼中，我唯独记住了她。

这个城市光怪陆离，到处都是匆匆忙忙又寂寞的人，我不过也是这其中的一个。这座城市的天，从我来的时候似乎就没有蓝过，每天雾霾笼罩，我不知道我还能不能待到它蓝的那一天。

但现在，我决定等下去。因为我遇见了小落。

5

生活总是比我们想象的更乏味，然而人生的故事偶尔也会充满离奇。

我没想到，一个月之后，小落竟然来到我们的医药公司。直到组长大姐告诉我，小落是从总公司过来的，我才窃喜这份幸运的命中注定。

一天，因为我给我们的经理擦车时，不小心手表链把他的爱车给刮花了。经理正像凶三岁小孩一样地凶我："你说你连个车都擦不好，你还能干点儿什么？要不下个月你趁早滚蛋吧……"

我正在经理豪华的办公桌前像个犯人似的听候发落，因为在现实的世界里不比在网上，我可以横扫江湖，纵情厮杀，我得表现的没有一点脾气，尽管我在心里已经杀了他一万遍。

小落就是在这个时候进来的。

她手里拿着一摞儿单据走了进来，脸上还是那么温柔的笑。一阵香风擦身而过。原来还一脸怒气的经理，一下子就兴奋起来，脸上瞬间开出花朵般的笑容："小落，这个月你们组不错呀，单子每天都这么一摞，什么时候请客呀，你请吃饭，我请唱歌。"

"好呀，孙经理，就这么说定了，不过你得请我们到钻石人间去唱。"那小声音甜得真是让人的骨头都会酥掉。但小落看都没看我一眼，也许像我这样的人她见得多了。

当然，最后我还是跟经理去喝了酒、唱了歌，小落也去了。

6

席间，初来乍到的我只是恭敬而小心地敬酒，不敢多吃一口菜，还必须时刻准备着被大大小小的上司灌酒，这是职场里逃避不了的规则，我很清醒地知道这一点。庆幸的是我的酒量还可以。

吃完了饭就去唱歌，真的去了钻石人间，当然也真的是经理请的客。唱歌的时候，经理一直粘着小落，而我则像傻瓜一样坐在他们旁边，随时听候他们的吩咐。

小落的歌唱得真好，酒意渐渐上来，这是我唯一可以清晰的感觉。那首《爱如空气》唱得几乎可以乱真，而经理一脸猥琐的表情，就像游戏里的怪兽，让我恨不得给他一千刀。

经理要求和小落来个男女对唱，点了一首老歌《纤夫的爱》，小落好像不太情愿，但还是温柔地笑着答应了，小落唱得很机械，经理却唱得忘情而跑调。那场面，要多滑稽就有多滑稽。

好几次，经理都放肆地伸着他那双胖胖的咸猪手，揽住了小落那水蛇一样的小腰，小落只是躲躲闪闪、半推半就，跟他无聊地周旋着。而躲在角落里的我只能眼睁睁地看着，既恼怒又悲伤，却很无奈。

他们闹烦了、闹累了的时候，也给了我一个机会，让我唱一个。

我哪里还有这份心情，但一帮小姑娘同事们起哄，我想她们是想找点乐子，看我的笑话。这激发了我的斗志，于是狠狠咬着牙，接过了话筒。当然，我还要给那个经理一点颜色看看。

我唱了那首《白桦林》，结果他们一下子全呆了，没有想到我这个菜鸟竟还有这样的功夫，那帮年轻的小姑娘一阵接一阵地叫起好来，就差上前献花拥抱了。而那时，小落投过来的是一道怪怪的眼光，直射入我的心底，看得我心里一阵阵发慌。经理显然是一脸嫉妒不屑的目光，我想他是在后悔不该带我来。因为钱是他出的，却让我出尽了风头儿。

《白桦林》唱完了，我有些羞怯，想放下话筒，几个小姑娘却不依不饶地起哄，让我和小落再对唱一个，经理的脸一下子就绿了。

小落点了那首《美丽的神话》，我们唱得很和谐，忘情而默契，而经理的脸就那么一直绿着，很绿。

当音乐停止的时候，我们深情地对望着，像是很成功的表演。几个小姑娘尖叫起来，要我和小落再来一个，反正她们不用花钱，也不用费力气，就可以免费看这热闹又撩情的演出。小落并没有推脱的意思，而我却说该回去了，因为我怕那经理会气得疯掉。果真听了我这话，经理的脸立马就阴转晴了。

从那天开始，在这家公司里，我开始有了一些女人缘，当然这里面也包括小落的。同时也遭受了不可避免的压制和打击，经理最后一次警告我："你去做销售吧，下个月完不成单子，就卷铺盖走人。别整天在这里磨洋工，蹭饭吃，这里不是慈善机构。”

7

我被分到了中药组，这是预料之中的结果，很难卖，远不如保健品组那么风光，也就是小落所在的那一组。就这样开始了又一次的无助挣扎，每天开了单子，领了货，就像乞丐一样满街地奔跑。

小落听说了我的情况，热情而自然地暗中帮助我，她把以前、还有现在的好多客户介绍给我。我心存感激，却不知如何感谢。

后来隐隐约约地听到一些关于小落的事情：相恋八年的男友因贪慕荣华弃她而去，娶了一个富二代。我没有想到，这么好的小落竟是有着这样遭遇的人。若问原因，这个世界却给不出明确的答案。

秋天很快就来了，路边的树都无精打采的，每一片叶子似乎都写着悲伤忧郁的表情，而我还在这人潮拥挤的大街上劳碌而无为地奔波着，只有目的，没有热情。

一场秋雨的午后，空气潮湿。我没有想到会在那个有着一间席殊书屋的街角碰到小落。她穿着一件红色的 T 恤站在书屋的前面，蓝色的薄纱围巾在落寞无语的秋天飘动着。我想不出她为什么会站在那里望着大街上与她无关的人那么长时间的出神。这不是平日里所见到的那个欢欢喜喜的小落呀。

我好奇地走过去，用着我拙劣的搭讪技巧："怎么在这里碰见你呀，好巧。"她也看到了我，但并没有我所想象的惊讶或是热情地招呼，尽管上次我们有过一次默契的对唱。她只是小声地回应了一下。

我有些惶恐，看不懂她那太深的眼神。一阵沉默之后，我小心地说："介不介意去喝点什么？"

"行。"

"那你想喝什么呢，茶，行吗？"因为我留意过她比较喜欢喝茶。

"能不能喝酒？"我有些惊讶，没有想到她会这么说。

在那个名子起得怪怪的叫"那年那月"酒吧里，我和小落各自小心地品着一杯并不算太昂贵的红酒。酒吧里循环放着一首悲伤的怀旧歌：Take Me To Your Heart ——英文版的《吻别》。

我们聊着网上的各种明星八卦，还有公司里鸡毛蒜皮的事，也互相问了各自的一些经历，比如学校、老家、偏好的小吃，等等，却唯独没有聊未来。

小落不是我对门的邻居，我第一次看见她的那天，她只是来一个老乡的出租屋串门，然而那个老乡没住满一个月就搬走了。

小落到底住哪里，我不知道也没问过，反正她就在这座城市里，远不了，何况，在公司我们每天还能见面。

8

直到有一天晚上，她突然打电话给我，说她把钥匙锁到屋里了。

我骑着电动车一路狂奔，不到十五分钟就到了她那里，气喘吁吁地跑上六楼，一眼就看到蹲在楼梯口满脸无奈、可怜巴巴的小落，像一只被雨淋湿了翅膀，飞不回家的小鸟，惹人心疼。

见到我来了，她很高兴，以为我来了门就开了，哪里知道我也很笨，只好和她一起打着手机电筒在墙壁上找开锁电话，打了好几个，不是空号，就是停机。最后只好陪她一起去找物业。值班的是个老大爷，很热心肠，帮忙找来了开锁的人。

小落的屋子有些凌乱，但很干净，随意丢放着的杂志、碟片，最多的还是玩具，很女生的那种。真想不到在外面那么世故的一个人，家里却像是儿童乐园，满是童趣、童心。

她说喝杯水吧，拿来水壶，却倒不出半滴水，她有些不好意思，面带歉意地说：“要不喝点别的吧。”于是去开冰箱，找到一听可乐给我。然后我俩坐到那张狭小的双人沙发上，说了几句闲话，很快就陷入尴尬的沉默。我小口地嘬着可乐，清晰地感觉到从她身体上传过来的一阵阵温热，和我一样，同样躁动不安。

我不知道当时哪来的勇气，或者是冲动的魔鬼上身了，我一下就抱住了她，她挣扎了一下，但不是很用力，只是低着头不说话，脸有些红。

在一番紧张的燥热之后，我还是只轻轻地吻了一下她的额头，就把她放开了。而她却像只小猫似的偎进我的怀里，轻声地问我：“你说今年冬天会不会下雪？”我说：“会吧，应该会。”我不知道她为什么会问这个问题，但我知道我所回答的，应该是她想要的答案。

接下来的日子平常而自然，在单位，我们还是像一般的同事，没人察觉出我俩的关系，只是她不再像从前那样脸上挂着职业的笑容了，对经理过分的玩笑，有时候也会表现出强烈的厌恶和恼怒，有几次还弄得经理很难堪，再后来也就再不敢轻易地闹了。

下了班，我会骑车带她到郊外的一座桥上去玩，那是一座很高的桥。因为那条河很宽，尽管没有水了，但我们依旧感觉它在流动，只是不知道它究竟流向哪里，就像我们之间的爱情一样。

我们会对着河的远处一起大喊我们的青春，我们的理想，还有喊她的名字，有时也会不能免俗地喊：“白小落，我爱你。”每次，她都会很温柔地抱住我的后腰好久好久，然后不知怎么就有泪水湿了我的后背……

9

休息的时候，如果我们不打算外出，就会一整天都待在家里，抱在一起，听时钟滴答行走，看电视、玩五子棋、看碟，在二手市场花九十元钱买了一台“过气”的 DVD 播放机，一起唱歌，有时候唱得春暖花开，有时候唱得泪水涟涟，哭哭笑笑地追逐打闹，把家里过成像只有两个小朋友的幼儿园……

要不我就陪着她一起趴在阳台上发呆，看这座城市里满大街无关紧要的人一群一群的像鱼一样盲目地游来游去。我们一直渴望做他们当中的清醒者，但我们又同样清醒地知道：我们做不了。

小落很喜欢吃巧克力，尤其是“德芙”的，近乎迷恋，我知道了以后，就经常买给她，每次她都会很开心，但却总是一小口、一小口地吃，每次都不肯吃完。我说：“你就大口大口地吃吧，又不是只有这一块，知道你爱吃，这不买了好几块了吗。”她却说：“我总是怕下次就没有了。”我说：“不会，只要有我在，就保证你有巧克力吃。”我说得是那么雄雄赳赳、气昂昂的，小落很开心，我也很开心。

我们都傻傻地觉得：就算我们很穷，这个世界也可以同样很温暖。

10

小落还有一个习惯：有时候会莫名其妙地突然跑到我身边，像个小孩子似的说：“请你抱抱我。”我便像抱一个萌萌的玩具小熊一样抱她在怀里，她也总是不断地重复着说那一句话："靠近你是为了温暖我。"这样的情景，有时候会是在厨房、有时候会是在门口、有时候会是在阳台。

我觉得，我的小落不应该是一个药品促销员，而应该是一个诗人。如果可以，我愿意一直这样陪她走下去。

我们的恋情，终于被组长大姐撞知。那天，我们在南三条市场淘衣服，大姐提着两个大包从一间服装店里出来，正好撞见了我们，惊讶的嘴巴张成一个大大的"O"字，紧接着又像是明白了什么似的，面对我们笑得一脸阳光，说："你们这一对好好的小人儿，要好好地在一起过一辈子才好呀，大姐等着给你们包红包。"

我这时才恍然大悟，原来大姐儿子穿的那些"名牌"都是这么来的，不禁感慨母亲的伟大。

被大姐祝福，小落既欢喜又害羞，而我却陷入莫名的惆怅。因为我不知道，我能不能做到。

在那个天空突然变得很蓝的平常日子，我在窗前抱了她好久，午后的阳光铺了一地，楼下有小孩子玩耍时快乐的叫喊声。窗外是干净的蓝天，还有白云，如同一幅明净的画面。

小落转过头来一脸温情地说："我们要是也有一个可爱的

孩子多好呀。”

我说：“那当然。最好长得像你，那我就有两个宝贝了，我会加倍地疼你们的。”

打在小落脸上的阳光一下子满是幸福的味道，此时她笑得也像一个天真的孩子。可是我心里却很矛盾，因为我不知道我能不能给她、还有我们的孩子一个温暖美好的未来。眼下我们都像这座城市里流浪的一棵稻草，随处是家，又处处不是家。

但我还是在内心里做了一个重要的决定。

11

我请了几天假，准备回老家。

我回到老家做的唯一一件事，就是拼命地四处借钱，我要借够一套房子的首付，然后给小落一个惊喜。

这期间小落给我打电话，问我怎么回老家这么久。我说，我在做一件重要的事。小落取笑我：“你玩什么神秘呀？赶紧实话告诉我，否则别怪我不理你……”本来想给她一个惊喜的，可是现在被她缠的没办法，只好缴械投降，把实话说了。

没想到电话那头的小落沉默了良久，然后低低地说：“能借多少借多少，别太难为自己了，早早回来。”

我说：“你放心吧，你等我，我一定会给你一个家。不，是给我们一个家。”

12

可是，等我借好了钱回去的时候，却没有见到小落。家里没人，打她电话也关机，去公司问，公司的人说，小落三天前也请假了。

我一下子吓坏了，像失去了全世界。小落究竟去哪里了呢？我发了疯地四处寻找，差点就要报警了。

好在一天后，我终于接到小落的电话，电话里的小落气息微弱地说：“周阳，你能来接我吗……”

小落不在本市，而是在三百里外的邻城。我像风一样租了一辆出租车，奔向领城。

小落面色憔悴地躺在医院打着点滴，但她见到我，还是努力地向我微笑，我却落下了眼泪。

原来，小落在领城有一个39平方米的一居室，她是想把它卖掉，和我一起凑够一套两居室的首付，她不想我有那么大的压力。她也是想处理好一切，给我一个惊喜，奔波劳累，加之淋了一场大雨，得了重感冒。

我红着眼圈说："你怎么这么傻……"小落像个孩子一样露出害羞的表情。

我去了小落的那间房子，给她做饭，送到医院。在那间房子里，除了一大堆玩具，一些衣物之外，我还看到了厚厚的一本日记。

原来小落是个孤儿，小的时候寄养在亲戚家里，长大后，就一直在外面漂着，在遇到我之前谈了一场八年平平常常的恋爱，以男主角羡慕荣华，婚前突然劈腿一个富二代而告终。

关于我，没有千言万语，只有短短数句，"周阳：有时候，我只是需要一个承诺来温暖自己，可这个世界却总是给我太多复杂。在我已不相信还会有爱的时候，你来了，你是这个世界上能够温暖我的唯一，于是我决定为你生一个孩子。我希望我、还有你，当然还有我们的小宝宝能一起创造一个温暖的小世界，就算它真的很小，但也许越小的世界才越容易保存温暖。你说是吗？"

读到这儿，我热热的泪水又湿润了眼眶……

我把做好的饭送到医院，拿着小勺子一口一口喂给小落吃，我说：“小落，我们结婚吧。”

小落嘴里还含着饭，一下子怔住，眼神闪亮，然后调皮地说：“喂几口饭就算求婚呀？你也没有戒指呀？”

我说：“有，怎么没有。”

我把碗递给小落，故作神秘地说：“你自己找。”

“啊。”小落吓坏了：“你不会把戒指藏在碗里了吧，你个傻瓜，你不怕我万一吃下去了吗？”

我坏坏地窃笑：“你以为我会那么傻吗？”

小落端着碗，一脸地迷惑，然而片刻之后，就露出了孩子般欢喜的表情。

戒指终于被她找到了，它就在碗底，当然是在外面的碗底，我用双面胶粘在碗底的。

小落用她的小手摸着那枚戒指，满脸都是阳光般的幸福……

许你此生，予我流年，不分手

1

人生总是充满了各种不可预料的面对，相遇、相知或者相散，爱情也一样。就像我们可以通过计算，知道一个手中的底牌，但人生的底牌我们却无法计算，因为我们永远都无法确定下一秒百分百会发生什么。浮躁更迭的世界，每天都在变换着面具，面对世俗物欲的挑战，各种小船说翻就翻，而让我们来不及流一滴眼泪。直到我遇到老陈才明白，这个世界原来也有例外。

老陈就是个例外。

那年夏天，我骑着一辆二八加重的大自行车来到本地的一所二本学校“H 学院”报到，在校门口撞见了老陈。

我有些不道德地苦笑。因为当时，背着一摞花花绿绿的被子、包裹以及搪瓷脸盆的老陈，看上去就像个从革命老区来的“老乡”，活脱脱游击队电影里的标准角色。

看老陈背了这么多东西，累得大汗淋漓，我上前拍拍他的肩膀：“嘿！哥们儿，来，上车。”

老陈有些惊讶地感动，瞪着一双大眼睛，紧接着就跟我礼貌客气，还明显地透着山区娃娃特有的拘谨、卑怯。我断定，像老陈这样的不会是个坏人，就算大学四年过了，他也成不了坏人，就算他干点不着调的坏事，也应该坏不到哪里去。

“哪个系，多少楼？”我问老陈。我在前面推着车，老陈在车架后扶着他的那一堆“宝贝”。得到结果之后，我放肆般地哈哈大笑。

就这样，我和老陈成了大学四年上下铺的兄弟。

2

入学很长一段时间，老陈都比较自卑，因为在班里数他最穷。

老陈的衣服都是农村集市上的地摊儿货，吃饭也从来都是土豆、馒头或者馒头、土豆，很少换样儿。人人都有手机，老陈也有一台。老陈的手机是诺基亚，黑白屏那种，夹在一群群“公子”“小姐”中，老陈显得更加“与众不同”，就像一群骆驼里突然闯进了一头羊，老陈因此变得更加内向忧郁。

虽然我跟老陈住上下铺，但起初我跟老陈也没多少交往。本来到这所二本院校就读，我也是抱着无所谓、没前途，不过混张文凭的心态来的。我整天除了野还是野，专业课偶尔去上上，公共课基本都是考前搞突击，当然做小抄这种事也是免不了的，何况还有老陈帮我。我多数时间都是泡在校外的网吧里，根本没时间理他，老陈不过只是睡在我上铺的一个“隐形人”，我们自苟且，互不相干。

但大一下学期的一件事改变了这一状况，让我和老陈成了真正意义上的兄弟。

那天，我在校外的网吧打游戏，一帮小流氓调戏一个女生，我看不惯，上前“英雄救美”，结果被那帮小流氓从网吧里面打到外面街上，打得我只顾抱头在地上翻滚。正在我无力反抗时，突然听到一声大吼，那几个小流氓瞬间就被撂倒在地。他们叫嚣着起来，还想反抗，结果又都被打得龇牙咧嘴，只好没出息地说着“你给老子等着”，很快狼狈逃蹿。

我惊讶地张大了嘴巴，没想到拥有不凡身手的人居然是老陈。

我说：“行呀你，老陈，没想到你还是个武林高手。走、走、走，今天我请客……”

我请老陈来到学校附近的火锅店。我说：“老陈，今天你敞开了吃，不能跟我见外，吃了这顿饭，你就是我兄弟了。”

老陈果真没有见外。结果那顿饭，老陈一个人吃了六盘羊肉。虽然吃得我有点肝儿疼，但看着老陈膀大腰圆的魁梧身躯，一下子也觉得值了。我说：“老陈，你的功夫是跟谁学的，能不能教教我。”老陈吧唧吧唧地鼓着着腮帮子说：“这哪里是什么功夫，我们村儿的孩子从小都要跟大人去山里的石料厂背石头，练了一把蛮力罢了。”

“好、好、好，不管你有没有功夫，反正你以后就是我兄弟了……”

3

老陈除了上课，基本没什么爱好，活生生就像一只无声的木桶。大二的上学期，每个人都开始找对象，而且基本人人都有了自己的“另一半”，我也有了，所以，那阵子跟老陈除了每个星期在街边烧烤摊喝一顿酒以外，再没多余的时间陪他玩。但有一次，酒喝多了，我嘲笑老陈道：“我说你不会真打算四年当和尚这么混过吧，上这么一个破二本学校，你再不搞搞对象，不是太亏了吗？”

说到这事儿，老陈竟然还会脸红，更让我忍不住取笑他。我说：“老陈，你是爷们儿，又不是大姑娘，你害什么臊？”

然而，当老陈举瓶仰脖灌了半瓶啤酒后，神情落寞低声说道：“像我这样的穷鬼加丑鬼，你认为哪个女孩愿意跟我搞对象。”听完这话，竟然让我内心突然涌起一阵潮湿，也正是那阵潮湿，让我觉得我在心里把老陈真当了兄弟。

没想到身壮如牛、憨大笨粗的老陈心里还有这么一份柔柔的脆弱。于是，我想帮帮老陈。

4

我说：“老陈，你尽管去找你的姑娘，钱不够，从我这里拿。”老陈抬眼看了我一眼，没吭声。我又敏感地有些后悔，这句话可能伤了老陈的自尊。于是，后来，我去校外找了一些挣零花钱的兼职，然后拉着老陈一起做，老陈喜笑颜开，我心里也多了一份踏实。领钱的时候，都是我去领，因为是我找的活儿，老陈只负责卖力地干。我就自作主张，把我的那份钱也一并给了老陈，老陈拿到钱，高兴得像个孩子，说没想到天下还有这么好的事，就发发广告，搬搬东西，骑着绑着广告牌的车子围城转几圈，就能拿到几百元。以至于后来，他三天两头叫我给他找活儿干，倒把我夹在中间显得有些狼狈——哪里有那么多活儿给他干呀。

但看着老陈满心的热情，我还是不得不硬着头皮去托各种路子，还要搭上钱买烟请客，找活儿给老陈干。

半年下来，老陈的生活费有了着落，但老陈的姑娘却连毛都没见着。我说："老陈，我带着你挣钱，是叫你找姑娘的，不是让你捐给食堂的。"老陈嘿嘿地笑，让我无可奈何。

不久后的某天，老陈突然说要请客吃饭。我感动到了极点，这是老陈作为兄弟第一次破天荒的请客。我高兴得屁颠屁颠地欣然应允，一脸坏笑地加了一句"我多带一个人行不？"

老陈吓得瞪眼正要问是谁，我说："是我女朋友，你轻易不请客一回，得像回事儿地出出血。"老陈说："没问题，你不说这茬儿，我还忘了，幸亏你提醒我。"

到了饭店之后，我傻眼了，因为老陈旁边坐着一个姑娘。

5

我这才恍然大悟，原来这小子明修栈道、暗渡陈仓了。我揪住老陈不放：“给老子老实交待，什么时候的事，怎么勾搭上的，如实招来。”

那姑娘吓得花容失色，娇羞乱颤。一定是在害怕老陈这么一个忠厚老实的人怎么交了我这么个“流氓”。老陈连忙一个劲儿地向我讨饶。

我之所以能这么放肆，是因为那个姑娘我认识。我们高中是一届的，只是不同班，以前也没什么交往，只是老乡会上见过几次。她叫乐乐，外语系，一个说不上漂亮，但也乖巧可爱的女孩儿。

后来，得知老陈和乐乐的相遇、相识的缘由，就是一场狗血剧情式的“英雄救美”。

不过所谓的“英雄救美”，不是老陈打了欺负骚扰乐乐的色狼、流氓，而是犯了低血糖的乐乐从图书馆十九层的台阶上一不小心摔了下来，正好给迎面往上走的老陈遇到，老陈一下子扑过去把倒下来的乐乐抱在怀里，看着一脸辣黄，表情吓人的小姑娘，老陈二话没说抱着乐乐一路狂奔，送到了校医务室，还主动给乐乐付了打点滴的费用。

乐乐觉得这个突如其来的坐在医务室白木凳子上汗流浃背的傻大个，挺仗义，就像是从天而降来拯救她的“英雄”，一个安静、不爱说话的少女之心，就那么一下子吐苞绽放了。

从那以后，老陈的兜里总是装着几块糖。

至于，他们之间发生的别的什么事，应该跟凡夫俗子的男男女女没什么不同，唯独这一件事，成了他们之间最浪漫的事。

6

时光总是无情的。很快到了大四，许多人开始实习，忙着投简历、找工作。我不例外，老陈和乐乐也不例外。

临近毕业，宿舍的好多人都提前搬走了，只剩下老陈一个人住。那天，我在外面瞎跑了一天，看了一堆老板的脸色，打算回宿舍找老陈喝顿酒，就看到老陈趴在被垛上呜呜哭的样子。

我上去扒拉了他两下：“你个鸟人这是唱哪儿出，怎么了。”我这么一问，让老陈更加控制不住了，“哇”地一声大哭起来。

老陈说他去乐乐家了。

听到这句，我猜到了八九不离十的结局，他跟乐乐应该是没戏了。

老陈说，乐乐的爸妈，饭都没留他吃一口。原因是他没有回答上他们提出的问题。

乐乐爸妈的问题是：老陈家里两年之内能不能在市区买上房。老陈一下子像吓坏了似的愣住了，涨红了脸给不出答案。老陈说乐乐也跟父母顶了嘴，但被骂哭了。

我问老陈："那你有什么打算。"老陈说："我能有什么打算，我的打算管哪个用。"老陈要拉着我去喝酒，我说："你喝个鸟呀。再喝还有命？天底下还是命比什么都重要。毕业即失恋，是太多人都逃离不了的结局。又不是你一个，没必要往死里伤心。"我这么劝着老陈。

但老陈还是满脸的眼泪，伤心无助得像个孩子。

7

到最后，我回了小城，进了一家中学当了老师。这不是我的选择，是我爸妈的安排。大学时期的女朋友，我们和平分手了，她回老家，考了公务员，我挡不住。只是我不像老陈那么认死理儿，我早就知道，人这一辈子没有多少能对抗过命运，你只有苦笑着同它和解，才能安全着陆。

至于老陈，我们也终成了青春的过客。我毫无预料地失去了他的消息，手机停机，QQ 头像一直是灰色的，而我的留言，也没有收到任何回复。

我甚至有点痛恨老陈，无情，白管了他四年的酒，还有烟。我更不屑他的脆弱，一场爱情罢了，何必搞得这么死去活来，像全世界欠了他一个姑娘似的。

谁离了谁还活不了？过不了几年,谁都照样能找着合适的，找不着合适的就找凑合的，多数人不都是这么凑合的吗？将就一下，天下太平，也不是什么坏事。

至于乐乐，她进了县团委，听说是自筹人员，就是单位自己发工资那种，没有正式编制，保险什么的各种费用都要自己交。就这样，听说他父母还颇费了一番周折，花了十几万，相当于自己挣自己的钱，给了自己一个场面上的身份而已。有一次我在街上碰见乐乐，我问她有什么打算。她的回答竟然和老陈一样：“我能有什么打算，我的打算管哪个用。”

于是，我懂了，老陈路过她的世界，把一些生命也留在了她的世界。我想，她必定也留给了老陈一些生命。

乐乐说，他爸爸要她先工作着，反正工作不累，一边上班一边考公务员，要不没前途，想不通过考试转个正，比登天还难。

我哪壶不开提哪壶地问了句："老陈呢？你们还联系吗？"

乐乐神情忧郁了一下："老陈拿毕业证那天，给我打了一个电话，说他回老家了，之后就再没联系过。"

我说："我也联系不上老陈了，这个忘恩负义的东西真是该杀，有什么事说什么事，躲着算什么出息。"骂着这句，本想是安慰乐乐，但我看乐乐的眼圈一下子红了，真是恨得抽自己个嘴巴。

8

一晃两年过去了。我没有结婚，乐乐也没有。这期间，还发生了个笑话，有人介绍我和乐乐相亲。我打电话给乐乐，没开口就先笑喷了，我说："乐乐，你说咱俩见不见？"

乐乐说："见。"

我俩就躲在一家小饭店里，有说有笑，胡吃海喝，乐乐好像不那么忧郁了，也胖了点，乐观了许多，有些醉意之后，还跟我分享手机里的段子。我们互相玩笑，揭露各自当年的糗事，但闹到最后，还是陷入了无语的沉默。

我看着乐乐端着酒怀，醉意朦胧地发呆，也有了些醉意的我忧伤地说："乐乐，你是不是还想着老陈？我也想起这个混蛋了。"

乐乐一下子趴倒在桌子上呜呜地哭了起来。

9

那次和乐乐见面之后，我从学校里辞了职。世界那么大，我想去看看。

可是我无论如何也没有想到，我会碰到老陈。

晚上九点的火车，我从出租屋打电话叫出租车，上了车，发现坐在驾驶座上的司机竟然是老陈。当时，我的第一反应是撞鬼了，要不就是在做梦。

但，这不是。

我骂老陈："你个混蛋怎么干上这个了，你不是回老家了吗？你还把手机停了，QQ 也不上，我以为你死到你们老家去了……"

老陈说他一直就没走。

我听着老陈说他的计划与打算，就像在听一个不靠谱儿的神话传说。老陈说他一边考公务员，一边挣钱，就是开夜班出租车。

结果竟然真的考上了——市政府，半个月后去报到。至于房子，他说等他上了班后，用公积金贷款买，他已经攒了有三万多了。

老陈郑重地说："我想办成了这些事，就去找乐乐，如果她结婚了，就证明我在她心里其实没那么重要，两年时间不长，要是心里没有一个人的话，应该很快就会忘记，能够从容地面对别的选择。如果，她没结婚，那么我就算卖肾，我也要把她娶了。"

我惊讶，一向憨了巴机的老陈，怎么突然一下子变得这么哲学。于是，我心里有了个恶毒的想法，我想整他一下，我说："那你没机会了，乐乐现在是我老婆了。"

"啊！"老陈吓得一下子无语，然后愤怒地揪住我的脖领骂："你还是人吗？你怎么能这么混蛋，朋友妻不可欺，你的心都让狗吃了吗……"

看着一脸认真、愤怒地一心想要把我吃了的老陈，我终于举手投降，说我和乐乐只不过相了一次亲，那只是个笑话。

我还讲了乐乐醉了哭着喊老陈名字的事。老陈听到这个，又像两年前一样呜呜地哭了，手扶着方向盘一个劲儿地发抖。

10

我见他这样，就开玩笑地安慰他："行了，老陈，别这么没出息了，我向你保证当时我绝对没有酒后乱性，虽然当初我看着哭得梨花带雨的乐乐，很想怜香惜玉一把。"

老陈一下子止住哭声大叫："你小子要真胆敢，我就把你阉了。"

我们互相擂着脸膛，泪中带笑。我骂道："老陈，你总算干了件爷们儿事，就冲这点，你买房，我有多少钱，借给你多少钱。"

半年之后，老陈结婚，我把能联系上的同学都联系了，把老陈和乐乐的故事讲给他们听，并且向他们命令：每人至少随不能少于一千元的份子，并开玩笑地说道："老陈往后要是当了市长，怕你们想送红包，都送不进门去，所以你们这回都大方点……"

老陈果真在市区首付买了个小三居，九十多平方米，钱有他自己的五万元，有我借给他的五万元，有同学们六万元的份子，还有乐乐爸妈赞助的十万元，他们终于妥协了，其实也说不上向老陈妥协，或向乐乐妥协，应该是向他们自己妥协了，天下哪有那么狠心固执的父母。只要孩子乐意高兴，他们终会为之心甘情愿地付出所有。

爸爸还是好爸爸、妈妈还是好妈妈。

11

老陈的婚礼是我主持的，我说：“老陈，我又替你省了一千元钱，等我结婚的时候，你得双倍返还。”

而老陈只顾搂着他的老婆乐乐不停地幸福地傻笑，根本懒得理我……

这世上，总有那么多不尽如人意的事，何况这么宝贵的爱情，更不能例外，怎么能轻易就让你得到。爱得不够彻底，算就算了，散就散了。谁也不是谁的唯一，地球照样还是圆的。但仍然也有像老陈这么一根筋的人，虽然他的做法有点倔，没有推广价值，但老陈还是为自己赢了一把。

我没有理由，不祝福他们：白头到老，多子多孙。

于是我一脸坏笑地大声说道：“国家放开二胎了，你们要努力。”这是我婚礼主持的结束语，全场爆笑，还有跟着起哄的：“努力、努力、努力……”

12

我转身下台，却黯然神伤。老陈这么努力，而我想起我的爱情，当年却是那么轻易就弄丢了，或者从一开始我就没有认真对待，我突然有种羞愧感，在爱情这件事上，老陈结结实实地做了一回我的大哥。

喝了老陈的喜酒，我落荒而逃，一路上告诉自己，下一次遇到爱情，如果确定是真的，想想老陈，我就不再会轻易放过了。老陈的幸福，让我重新相信：这个世界还是很温暖的，如果你真的够努力。

爱与不爱，只是一个转身的距离

1

世人，没有谁是没有爱过的，只不过有的只是一场天真的喜欢，而有的却交出了全部的生命。在这个世界上他在乎你胜过了在乎他自己，甚至甘愿放弃，只为给你一个幸福的机会，让你全身而退。不是他比谁更苟且，而是他为那一份彻底的在意，交出了全部。

李响就是这样一个笨蛋，学习是笨蛋，做人也笨蛋，做事也从来没有靠谱过，却一路跟我们到了这座城市，到最后又从这座城市消失。

那天晚上，我正窝在宿舍里疯狂地打着游戏，手机在桌子上转着圈地震动起来。我根本顾不上理它，但它就是没完没了地震动，停一下，震一阵，不绝不休。

我摁了下开机键，瞟了一眼见是瞳瞳的电话，随手滑开屏幕，点了免提，继续我的游戏。可是当电话里却传来了瞳瞳惊慌尖锐的哭叫声："大宇，你快来呀，李响又跟人打架了……"我一下子扔掉鼠标，跳起来，风一样地冲出宿舍。

2

瞳瞳是我的大学同学，她的大名叫林闪。李响是我的高中同学，噢，还忘了交待一句——林闪也是我的高中同学。

我冲进离学校有一千多米的那间酒吧时，闹事儿的人们正哄散而去，我看见瞳瞳正六神无主地捂着李响的脑袋，满手是血。我说："报警呀，都傻吗？"

这时从地上钻出一个声音："别报了，是我先动的手，那小子也没沾光，脑瓜同样被我开了瓢儿，报了警，搞不好我这酒吧又要停业整顿。算了吧，兵来将挡，水来土掩，我还怕他们几个小混混不成，我当年又不是没有混过……"

我只好叫了出租车，送李响去医院包扎。

当初，我们仨是一块儿从武城高中来到这座城市的，我和瞳瞳阴差阳错地进了同一所二本学校。而李响高考都没考，用他的话说："考了也白考，没有一所学校能接受我五科加起来都不够一百的分数。反正瞳瞳考到哪里去，我就跟到哪里去，这样也省心了。"

他们从高二就谈起了对象，谈得风生水起，名声大噪。

而我的状况是：第一志愿报高了，没被录取；填第二志愿的时候，李响说："你就跟瞳瞳填一样的吧，到时候万一你第一志愿录取不了，我们仨还能在一起。"结果真让这个乌鸦嘴说中了。

3

高中时，李响和我一起吃、一起睡，他睡在我的下铺。他是高二下学期喜欢上插班生林闪的，并且不可救药。

来插班的林闪是背着一把吉他，留着板寸的发型来到学校的，这么一个另类的女孩子当然吸引了众多人的目光。传说她是两次都落榜的艺术生特招，死了心回来复读准备走"正常路线"的。

从这个比我们大两岁的另类女生进入我们教室的那一天起，我们李响同学的眼睛就没离开过她。晚上睡觉的时候，我劝李响：“哥们儿，你省省吧。你们根本不是一路人，谁也成不了谁的菜。”

正在下铺翘着二郎腿花痴般发呆的李响冒出一句名言：“正因为不是一路人，所以才有味道，要是一路人，那就没劲了。”

林闪其实算不上美女，除了眼睛像某个韩国女星外，其他方面都没有什么特别的，但李响很死心塌地的跟我说他就是喜欢上了那双眼睛，很喜欢，“尤其是那睫毛长的、美得就像天使。”这是李响说得最有文化的一句话。

所以我们给林闪取了个外号“瞳瞳”。李响三番五次地央求我：“大宇，你作文写得好。你得替我写情书帮我追到她……”

我取笑他：“兄弟，都什么年代了。你也太老土了吧，还写情书。现在的女孩儿都物质得很，你得送手机、送香水、买名牌衣服什么的。”此话一出口，我就后悔了。

4

因为李响没有钱，来自乡下跟着奶奶一块生活的他是个留守并且单亲的无辜孩子。据说在城里干装修的他爸跟一个干个体的女老板好上了，与他妈离婚没要他，而他妈改嫁也没带他走。他爸每月只给他五百元钱的生活费。李响不太喜欢那个个体女老板，所以去过三次之后就没再去了。

当然情书我替他写了，还借给他四百元钱，给瞳瞳买了一个 MP5。情书，瞳瞳瞅了两眼就扔到窗户外边去了，MP5 玩了两个星期又还给了李响。

但是李响一直没有死心，就一路追到这座城市来了。一开始在学校附近的餐厅洗菜，后来送过快递，再后来就有了这间酒吧。他能有这间酒吧纯属是天上掉下的馅饼——他爸找的那个个体女老板得子宫癌去世了，当然也没孩子，所以他爸得了两套房子。他爸可能觉得本来小学时期是“三好学生”的李响的堕落，他有不可推卸的责任，所以就给了李响一套房子，说让他找个媳妇。

而李响拿了房本、房钥匙的第二个星期就把房子卖了，然后来到我们学校附近盘下了一家经营不善的餐馆，然后装修，开了这间酒吧。因为这事气得他爸吐血，骂他败家。而李响的理由是“瞳瞳经常去酒吧唱歌，不如叫她来我这里唱。我给她开工资”。

5

曈曈因此对李响有点动心，若即若离地跟他有些亲近，因此李响十分高兴。但酒吧的经营一直是半死不活的，经常还有街头的小混混来闹事，每次李响都跟人家打架还挂彩。

这次，不是因为他们来吃“霸王餐”、来收“保护费”，而是一个醉酒的小混混对唱歌的曈曈动手动脚了。

在医院里，李响对我说：“曈曈说她要唱到‘星光大道’去，我就支持她，她在我这里可以想怎么唱就怎么唱，酒吧赔光了也不要紧。再就是我不允许有流氓欺负她，谁欺负她我就跟谁玩命。”说这话的时候，我们谁也没想到抱着保温桶的曈曈可能已经站在门口好久了。

曈曈看李响的眼神有了一些不一样了。

曈曈把保温桶塞给李响：“学校食堂打的排骨，你给我吃完。吃完了记住一句话，再别打架，否则没人管你。”

曈曈走后，李响噙着满嘴的排骨跟我说：“哥，我想哭。”

6

没多久后，李响就跟瞳瞳在酒吧附近租了个房子同居了，俨然一对小夫妻。

我苦笑：傻瓜李响的苦恋，终于修成正果了。

那段时间，李响也开始用心经营酒吧了，他说他要准备足够的钱让瞳瞳去“星光大道”，他要圆瞳瞳的明星梦，他给瞳瞳请最好的乐队，请指导一次收费五千元的“老师”。瞳瞳也很努力，唱的还真像那么回事了。

后来瞳瞳真的去参加“星光大道”的海选了，可是海选结束，进入第二轮复选的时候，瞳瞳突然跟李响提出了分手。瞳瞳说她要的，李响终究是给不了的，还说花过李响的钱将来会一分不少地还给他。李响疯了似地求她，给我打电话救场，我看见李响跪在暴雨的街口求瞳瞳别走，但瞳瞳还是上了那辆停在身旁的奔驰车。

李响开始疯狂地酗酒，还和客人打架，酒吧生意寥寥，行将关门停业。但李响会抱着酒瓶子看每期的“星光大道”。看了一年，却始终没有看到瞳瞳。

7

很快，我毕业了，瞳瞳也毕业了，但瞳瞳连毕业证都没有来拿。听说，她跟了一个大腹翩翩的房地产老板走了。这事，李响比我知道得早，李响还说瞳瞳告诉他，那个老板答应她不用上“星光大道”照样两年内把她捧红。

可是，两年了，我们没有瞳瞳的任何消息，她就像失踪了一样，这个世界没有她的任何声音。但昨天，李响给我打了个电话，说：“我又见到那个‘贱人’了。”从那天瞳瞳绝情地上了那辆奔驰车以后，李响就一直叫她“贱人”。

这天上午，李响开了一辆二手帕萨特来学校找我，我有些纳闷，李响说：“我把酒吧卖了，我要回老家去，我那个爹给我开了一家手机店，还给我介绍了个对象。”李响开着车说要带我去街上兜风，跟这个城市做最后的告别。

一路上李响嘻嘻哈哈的，说要回家找个女人，生一堆孩子传宗接代，到时候挑两个机灵的认我做干爹。而我却莫名的伤感，因为我的世界里少了一笨蛋，我心里又会多一份孤独。

8

果真，从此我就再没见过这个笨蛋，偶尔我会想起他。但李响就这样一直没有消息。

那天，我和几个升了职、发了点小财的哥们儿回学校附近叙旧，发现那间酒吧的招牌没换，依然在营业，就有些兴致地走了进去，却听到台上熟悉的歌声……

9

唱歌的竟然是瞳瞳。

我走上前去看着正忘情地唱着那首《十年》的瞳瞳，瞳瞳也看见了我，下意识地对我一笑，然后接着又忘情地把歌唱，唱到最后，眼里竟然有了泪花儿……

瞳瞳从台上走下来，和我打招呼，然后又叫服务生过来说：“我哥们儿，免单。”瞳瞳是这间酒吧的歌手，也是老板。

瞳瞳说，李响当年往她卡里打了五十万，然后就失踪了，说着说着眼圈又红了……我说，那你现在有联系过李响吗？瞳瞳说：“联系不上了。我和他现在只剩下这间酒吧，除此之外，别无其他了。”我说：“你就没有去找过他吗？”

瞳瞳从烟盒里抽出一支烟，用中指和无名指夹在手里，这是她独特的抽烟方式，别人都是用食指和中指。一枚从打火机里跳出来的火焰点亮了那支白色过滤嘴的香烟，青烟缭绕……

香烟燃烧了半支，她才开口，只说了两个字：“没有。”

然而事实的真相是瞳瞳撒了谎，她回老家找过李响，但李响的老爸把她骂了回来，说李响的一生都让瞳瞳给毁了。当然也就不会告诉她，李响到底去了哪里。这是我回老家，打听李响的消息时，得到的确切答案。

李响就这样从我们的世界里消失了，我们再也没有见过他。

有些人总是你身边的过客，就像时间里的风，在你面前留下痕迹后就再也不见。

现在，有时我空了，会去瞳瞳的那间酒吧坐坐，因为记忆碎片中的李响，还是像身体里难以剔除的顽疾一样，依然那么笨蛋地冲我傻笑着……

每个“傻丫头”
都曾深爱过那么一个“路人甲”

1

我承认我一直都是比较二的人，二到这个世界都对我无能为力，我为这份“二”付出过热血、付出过青春、付出过沉重的代价，但从未付出过自己的尊严，所以，我还能一直对这个世界嘻嘻哈哈，虽然常常跌得鼻青脸肿，但往往好了伤疤又忘了疼，照旧二得一塌糊涂，二得人生一片大好，尽管看上去狼狈不堪。

然而林二丫的“二”，却“二”得荡气回肠。

我不知道林二丫是怎么找到我的电话的，但接到她电话的那一刻我还是激动万分。

林二丫说她现在在长沙，她专升本考到湖南师范大学来了，今天是她报到的第一天。我不禁惊讶得差点儿舌头都掉出来了——那一直是她不死的梦想，没想到还真给她实现了。

2

林二丫说，在湖南我是她最亲近的老乡，所以我得负责为她接风。

我有些小激动地连说了几个：“好、好、好，没问题。”

林二丫高中时坐在我的前排，是个留着蘑菇头的农村丫头，标准的柴火妞。个子矮、微胖、穿着从农贸市场上买来的“大红大紫”的衣服，总之要多土有多土。但林二丫有个最让人喜欢的优点：她是我们班的“活雷锋”。

3

那时，班里还要值日劳动，但凡有什么脏活累活，林二丫总是抢着干，标准的“热心大姐”。虽然她家并不富裕，但还是一向都乐善好施，每次放假回来从家里带来的只有农家妇女才能做的那么“美味”的咸菜都会分我大半瓶。于是，我和林二丫成了建立在“吃货”基础上的“好哥们儿”，除此之外，别无其他。但高二下学期的一次“事故”，彻底改变了我和她纯洁如雪的关系。

4

学校开运动会，林二丫自告奋勇地报了 3000 米长跑，说要为班级挣荣誉。

3000 米长跑的规定是“不管拿不拿名次，只要坚持跑下来，就会给班级加 2 分”。也许正是这个规定，让林二丫有了她的主意，她得让班里的人们对她“刮目相看”，知道她的存在。

存在感是每个人都必须要有的，否则你会有莫名的“不安全感”，会感觉自己是被这个世界遗弃的。都是人，所以谁也不想被这个世界孤零零的抛弃。

林二丫的主动和义举让班主任很感动，也得到多数同学的支持和鼓励，因为对那时的我们来说“3000 米是会要人命的”，何况胖胖的二丫。作为吃了人家一年半“美味咸菜”的吃客，我不免隐隐地为她心疼，也为她担忧。

林二丫虽然长得不漂亮，学习成绩也是中下游，班里很少有人亲近她与她做朋友。但林二丫也不欠谁的呀，天知道又胖、又矮、腿又短的二丫到底能不能把3000米跑下来。

5

不幸的是，作为她的“哥们儿”，我也受了牵连。

因为林二丫要我每天下午自习课后陪她去操场练习长跑，并以“如果不答应，就断我一个星期的咸菜”作威胁，她是牢牢地捏住了我的软肋，因为我对那种“怪味”咸菜已经离不开了。没办法，拿人家的手短，吃人家的嘴软，我只好乖乖从命。

林二丫每天都跑得汗流浃背、气喘如牛，而我负责的工作就是每天给她递水、递毛巾，还要在她跑不动的时候被她逼着给她加油、陪跑。一个星期下来，林二丫跑步的耐力没怎么见长，倒是我练就了“飞毛腿”的本领。

林二丫不服气，坚持要再练。我差点跪着跟她求饶：“二公主，你就饶了小的吧，再这样跑下去，咱俩非得丢了小命儿不可……”二丫却不依不饶，不肯罢休，还雄纠纠、气昂昂地说：“有志者，事竟成，破釜沉舟，百二秦关终属楚；苦心人，天不负，卧薪尝胆，三千越甲可吞吴。”

我的个娘啊。我也真服了她了，这老祖宗留下的励志名言，我怎么感觉像要人命似的赶鸭子上架。不过，好在又一个星期后，还真出现了奇迹，林二丫终于能把400米的跑道跑下8圈来了，我们喝着可乐在操场上狂欢庆祝。可是第二天却出了大事。

6

林二丫去锅炉房打开水，暖水瓶爆了。我去医务室想问问林二丫要不要帮忙替她打饭时，林二丫光着满是水泡的左脚，正红着眼睛不停地掉泪，说道：“功夫都白下了，两天后就是运动会，弄成这个样子还怎么跑，班主任肯定会失望，同学们肯定也会笑话我，说没准儿是因为怕跑不下来故意弄伤的呢……”

林二丫的样子有点让人心疼，她的自卑、她简单的愿望、她真诚的眼泪都没办法让人的心不软下来。我安慰她道：“你都这样了，没有人会怪你的，实在不行，我再多报一个男子3000米，把班里的分数给挣回来……”

林二丫的抽泣一下子止住了，瞪圆了眼珠子吼我：“你玩儿命呀，你有哮喘你不知道。”不知道怎么的，当时林二丫说这话的时候，我的心像被一股暖暖的力量撞了一下。于是，那几天，我十分亲近地照顾了林二丫。运动会开完后，学校放假，林二丫说她不想回去，怕大人见到她这样子又骂她不长心、不长眼。她给家里打电话撒谎说学校开运动会这个月不放假了。

我家住县城，林二丫要我替她找个住处，我就把她安排到我表姐的诊所，正好也替她免费换换药、养养伤。林二丫被安排在诊所里屋的一间输液室里住，那天，我写完作业去找她，她也写完了作业，我们无聊地下五子棋。下着下着，林二丫就犯起了所有的女生都爱犯的毛病八卦起班里的“男女事”来，说谁和谁好之类的，还说谁谁谁在宿舍里偷着抹哪个男生送的唇膏……

说到最后，没话说了，我抢白了她一句：“二丫，那你有喜欢的人么？”

二丫先是一惊，然后诡异地笑了：“你猜？”

7

于是，我装模作样地把班里的28个男生一个个按学号从头到尾地猜，结果猜到第 27 个的时候，二丫依然机械地摇头，我一下子就吓得面如土色了：“大姐，不会说那个人是我吧？”我脑子里飞转着这句话，但没说出口，表情尴尬而恐慌地看着二丫。

二丫呆立片刻，然后脸一红，扑哧笑出来，低声说了句：“高威，隔壁班的高威。”

“虚惊一场，差点没吓得我尿裤子。”我在心里暗自庆幸，也替二丫惋惜。高威，是学生会主席，属于“高富帅”，有太多的女生喜欢他。而二丫的喜欢，不过是青春期傻傻的幻想暗恋罢了。见我露着复杂的苦笑表情，二丫也黯然神伤：“你不会笑话我痴人说梦，异想天开吧……”

二丫的表情似乎很认真，我只好搪塞：“没有，没有，人人都有喜欢的权力。”

8

高考很快到来并结束，二丫的分数尽管只够上个专科，但她还是毫不犹疑地填了和高威同一座城市的学校，也不知道她是怎么打听到高威的志愿的。

但二丫的计划还是不幸落空了，她被调剂到吉林的一所专科学校。收到通知的那天，二丫打电话给我，请我在县城的一家小饭馆吃饭，二丫还喝了酒，白酒。

二丫喝着喝着就喝醉了，醉了就哭，趴在我怀里像个无助的孩子。

我只好安慰道："天下没有那么多完美的爱情，但有打不散的'哥们儿'，兄弟我不会弃你的。"

那一刻，二丫酒气夹着泪水腆着脸问我："你说，我再瘦点，再长高点，留起长发，会不会能引起他的一点点注意……"

二丫的这句话让我想哭。

9

奇怪的是，那个夏天之后，我一直没有二丫的消息，她像是去了一个遥远的无人可知的世界。可是她今天突然冒出来，又真让人不可思议。

我去公交站接二丫，她走过来时吓得我六神无主，高个子，细身条，披肩长发……

"你、你、你，二丫，是你？你确定你不是从天上掉下来的吗？你掐我一下，告诉我是不是在做梦……”我惊慌得语无伦次。二丫狠狠地掐了一下我的胳膊，然后给了我一个熊抱，我彻底晕菜，天旋地转。

二丫脱胎换骨，变成一个漂亮姑娘了。

我们两个“吃货”在火锅城又狠狠吃了一顿，我说：“二丫，你没整容吧？”二丫拿筷子狠狠地杵了一下我的脑门：“不带这么骂人的啊……”那一刻，我不得不相信“丑小鸭变成白天鹅”的童话故事真的成真了。

二丫酒足饭饱，开玩笑说：“那时候，姐还没完全发育，怎么你还不兴姐发育发育呀。”

我一脸半醉半醒地媚态，笑着说：“发育好、发育好……”

10

二丫接下来的话，就如同当头就给我泼了一盆冷水，疼得我肝儿都要碎了。

二丫很郑重地向我打听高威的消息。原来，她“醉翁之意不在我”仍心不死，她千辛万苦就是来找高威的，高威也在这座城市：长沙理工大学。

我虽然很不情愿，但还是很道德地毫无保留地告诉她我所知道的高威的一切，作为哥们儿，我必须这么做，因为我曾经看到二丫那么疼的心，还有一直以来这么坚强的倔强。

我不能那么毫不利人，专门利己地把一个好姑娘的一颗好好的心就这么给毁了。毕竟，我和二丫曾经说过“我们是打不散的好哥们儿”。

11

高威在长沙理工大学，依旧是学生会主席，听说有好多漂亮女孩儿都追着和他做朋友。

二丫听了这些话，眉头一皱，说了句天下最浪漫的话：“猜到也是这样，我不过是想离他近一点。”然后豪迈地叫来服务生：“再来一箱啤酒。”

那天，我们两个都喝得烂醉如泥。

12

很快毕业了，我进入一家外资企业做程序员，二丫还在读书，说要考研。

高威没有像传说中的回家接手管理他的家族企业。一次老乡聚会喝酒，他说："我只想靠自己，不想靠老子。"说得异常霸气，又像是卖乖讨巧。至于他说的到底是不是真的，也许只有他自己知道。

但高威真的注册了一家广告公司，只是幕后真正的老板不是他，而是一个据说在这座城市有背景的漂亮女人。这个女人是大学低他一级的师妹，而高威只是负责管理。

一开始，高威四处拉广告，也找到我，但我在公司立足未稳，人微言轻，没帮上多大忙。倒是二丫不知有什么神通，替高威在学校拉到一些网站运营和招生宣传的单子。

高威和漂亮师妹很快就结婚了，却又很快离婚了，前后只有两年不到的时间。当然高威也被广告公司扫地出门，四处流浪游说，继续着他的英雄梦。直到有一天他在我这里喝醉了，说老丈人一家都瞧不起他，说他家里不过是个乡下的"暴发户""土包子"，上不了台面。结果后来发展到漂亮师妹也不把他放在眼里了，他一直活得很压抑所以后来就离婚了。

那次喝酒，二丫也碰巧在场。后来，二丫把醉得不省人事的高威送回住处——那是跟他的漂亮师妹结婚不到两年得到的唯一报偿。

世事就是这么神奇，一个星期后，二丫一脸灿烂地笑容挽着高威的胳膊来找我，并说道：“我男朋友。”我没惊讶得掉了舌头，只是装着开玩笑：“你终于得逞了。”

13

半年过后，我们几个老乡帮忙操办二丫和高威的“大婚”。二丫说她不想等了，研也不想考了，因为再过一年，她就三十了。她必须在三十岁之前把自己嫁出去。

我们必须促他们功德圆满，当然主要是为二丫，她追逐了这么多年，坚持了这么多年，不容易。但是，那天我却接到二丫异常慌乱的电话，她说他在民政局门口，她说领结婚证时高威忘了带身份证，回去取，三个小时都没回来，手机也打不通，她担心他出了车祸。

我们动员了所有有联系的人找高威，最后还报了警，但一直未果。

14

半个月后，我收到高威的短信，说要我转告二丫他们不合适，他也不好意思见二丫。我打电话骂他混蛋、骂他忘恩负义、骂他陈世美、骂他无耻流氓，说二丫不是那种随随便便的姑娘，二丫跟别人不一样，她这一路追来，她的心里装了什么、装了多少，又付出了多少，结果到最后你跑路了，你是不是想要人家的命。

但不管我说什么，高威都是“死猪不怕开水烫”的沉默，到最后也只说了一句：“我是有点混蛋，但我只想过我想要的生活，二丫给不了。”

15

高威说他出国了，他老爸给出的钱，说到底还是要借“老子”一点力，这样更靠谱些。

二丫也失踪了，我在长沙怎么也找不到她，所有人也都找不到她。

16

直到那天我换房子搬家，看见二丫挺着个大肚子从街口的小餐车上买了两包饼卷肉，一边走一边狼吞虎咽地吃，我跳下车拦住了她。

二丫说，再有两个月就要生了，到时候希望我帮个小忙，就签个字的事儿，说做哥们儿你不能推辞。我的眼一下子热得生疼……

我说："好。走，哥们儿带你回家。天下没有那么多完美的爱情，但绝对有打不散的哥们儿。"

转身泪眼朦胧。

没谁相信，
这世界上还有“青梅竹马”

1

2010年的夏天，我和老九在德城相遇。那时候，我刚刚创业，在德城开了一家麻雀大小的婚庆公司，从起初的热火宣传到最后的惨淡经营，我开出最后一个月的工资，办完了最后一场婚礼。

老九是我最后一个客人，我却阴差阳错般地和老九成了酒友。因为我答应他的那场婚礼，从答应到完成，用了两年时间——老九去了英国，我回了故乡。

我喝了老九两箱将要过期的啤酒，随了老九一千元钱的份子。老九留给我一个故事。

老九说那年的丽水街青石巷，他八岁，许一诺也八岁。也不知从哪里刮来一阵“歪风邪气”，巷子里好多人家都为保孩子长命开始给孩子定“娃娃亲”。一个秋日的午后，老九的亲妈给老九穿了一件像样的衣服，扯着他来到巷子西头的许一诺家，把那一大包馋得老九流了一路口水的“徐福记”小点心笑着递给了许一诺的妈妈。

许一诺的妈妈似乎也很开心的样子，认真地用一个蓝边花碗沏了一碗红糖水给老九喝，然后指着穿着一身小花袄的许一诺说：“以后她就是你媳妇了。”

老九傻傻地笑了，一包点心换一个“媳妇”，值了。许一诺却急得哇哇大哭起来，转身跑进屋里，从那以后很长一段时间都没有理老九，见了老九就会慌忙地跑掉。可是那天放学后，只顾抱头冲在雨里的老九一路跑回家，把书包甩到床上，才发现书包里已空无一物。忙回转身去寻，刚一出门就撞到气喘吁吁跑进来的许一诺：“你怎么光顾跑呀，书全都掉出来了还不知道……”

接过她双手递过来的一摞儿湿乎乎的课本，老九连个“谢”字都没有说，只顾在里面刨着那半本借来的连环画，所幸还在，便咧开嘴笑了。

“你这个不长进的小东西，什么时候能让我省心……”老九他妈一边骂着老九，一边拉过浑身淋得尽湿的许一诺，扯过家里那条最干净的毛巾替她擦着脸上的雨水。为表示感谢，老九妈热情地留许一诺吃饭，许一诺却捋着垂到耳际的湿头发说："不了，阿姨。怕妈妈在家里等着会担心……"客气的样子像个大人。老九妈疼爱地摸着许一诺的头说："多懂事的丫头呀，你要是我闺女该多好。"

老九说他妈就是这么贪心，既想让人家当"媳妇"，又想让人家当闺女。

当然，所谓的"媳妇"不过是一时应急的一个"过场"而已，不可当真。但从这件"捡书"事件以后，老九明白了，其实许一诺不是真的不想理他，只是对"小媳妇"这回事有那么一点儿在意、一点儿害羞。

老九原本是毫不在意的，直到初中二年级的那个夏天。

2

从小学开始，许一诺一直是名列前茅，而老九却始终都是个调皮捣蛋令老师头疼的家伙。

一天放学后，许一诺突然慌慌张张地跑来找老九，很害怕的样子，说班里有个男生偷偷塞了一张纸条给她，说“喜欢她”。

听她这么说，老九笑得肚子都疼了，然后幸灾乐祸地好好取笑了她一番，但看着她害怕而又委屈，快要掉泪的样子，定了定神说：“那你喜欢他吗？”

许一诺的脸憋得通红，然后恼怒地说：“人家被欺负，你还这么幸灾乐祸。”听她这么一说，老九头也不回地走了。

第二天中午，在放学的路上老九就把说喜欢许一诺的那个小子给揍了，揍得鼻青脸肿的，还指着那个流了一脸鼻血的家伙一字一句地说：“许一诺是我媳妇儿，你以后给我放老实点儿。”

3

让老九没有预料到的是接下来的几天里，学校里的每一个人似乎都知道了许一诺是他的“小媳妇”，他们把这事传得沸沸扬扬，并以此为乐。结果是老九和许一诺的家长都被“请”到了学校。从那以后，老九再也没敢和许一诺一块儿走在上学、放学的路上了。

直到有一天，老师把老九和许一诺都叫进了办公室，很“热心”地和他们谈话，因为那次月考，许一诺的成绩从第一名降到了第十六名。

那个戴着一副大大的黑框眼镜的老师像审犯人似的问许一诺，老九有没有打扰她的学习。许一诺的脸顿时在那间到处堆满了教科书和作业本的办公室里涨得通红通红……

然而令老九感动的是许一诺很大声、很坚决地说出了那一声“没有”，然后掉着眼泪、气冲冲地跑出了那个令人窒息的地方。

老九也气坏了，血一直往头上涌，只是没想到当时怎么会胆大到骂老师的地步，轻蔑地说：“你就是个混蛋老师。”然后也跑了，结果老九被停了两个星期的课。

4

那段日子，每天放学后许一诺都背着书包到老九家里来给他补课。她补得认认真真，而老九却学得艰难痛苦，气得许一诺总是用笔狠狠地敲他的头……

那天，许一诺似乎有些疲惫，趴在书桌上睡着了，老九本想捉弄她一番，好叫她明天不要来了。但当他拿起笔，想给她画个鬼脸时，他的手竟然在看见她那张脸时停住了。

老九突然觉得许一诺其实是个挺漂亮的女孩儿。老九心里的感觉有些怪怪的，有些慌张，也有些莫名其妙。

结果许一诺第二天感冒了，很严重。从那以后，老九突然觉得要是再不好好念书，就有点对不起许一诺了。看着老九每天坐在马桶上都在背英文单词，老九妈又惊又喜，不知老九怎么这么突然地痛改前非起来，她奖赏老九的表现是——每天喂到他想吐。

5

中考成绩出来了，意外的是，许一诺仅以三分之差被重点学校拒之门外，而老九这个一直很“菜鸟”的人却侥幸地被压线录取。许一诺坐在离青石巷不远处的那个街边公园的长椅上很是伤心，眼泪一串接着一串地从下掉，对老九说：“我一直这么用功读书，除了读书我什么都不会，没想到会是这么一个结果……”本来为考上重点学校欢喜了一场的老九，突然傻傻的手足无措。

其实当时老九很想抱抱她，然后说：“许一诺，我喜欢你。”

但老九没敢那么做。因为老九怕说出口了，不是被当作笑话，就是被拒绝。不说出口，至少还有努力的机会，努力到有一天，她喜欢上自己。

6

后来，老九在一中，许一诺在二中。他们的学校，在同一座城，不在一条街。

再后来的后来，老九和许一诺都上了大学。许一诺比老九考得好，进了一所名牌大学，而老九进的是一所二本院校。庆幸的是，许一诺的学校和老九的学校依旧在同一座城市。但那是只有老九一个人知道的秘密。

大学的每个周末，老九都会骑着那辆从旧货市场花三十元买来的二手自行车，从距许一诺学校二十多里路的开发区过来，找各种理由和许一诺一起吃饭，陪她逛街，买一些零零碎碎的小玩意哄她开心。

可是，许一诺却一直向她的同学介绍说老九是她表弟。

大四那年，许一诺开始变得很忙，几乎每天都要去图书馆，还对老九说："以后，不要光来找我了，快毕业了，该多多考虑一些正事才行，你这么吊儿朗当的，早晚有一天会后悔……”老九便像是被当头浇了一盆冷水，不知所措。于是很长一段时间，真的很怕去找许一诺。

可是临毕业，老九生日那天，许一诺还是打电话给他，说愿意陪他一起过最后一个生日。

老九装作欢喜，内心却万分悲伤。也许，这是许一诺在和他作最后的告别。

7

点好蜡烛，许一诺让老九许愿。老九竟然像个姑娘一样闭上眼睛，不假思索地只停留了三秒，就睁开眼睛把蜡烛吹灭了。许一诺笑着问：“许的什么愿？这么快，是不是早就想好了……”

老九说：“是。”

许一诺说：“那可不可以告诉我？”

老九定定地瞅着许一诺，然后豁出去般地终于说出了那句：“许一诺，我喜欢你。”没想到许一诺丝毫没有表现出惊讶，更没有害羞，这让老九悲催地感到自己的担心果然应验了。

许一诺似乎很镇定地吃了一口蛋糕后问老九：“那你想不

想听我的回答？”老九忙举起双手求饶道：“你还是不要说了……”

结果，两个月后，许一诺办了出国留学的签证。

8

送许一诺去机场的那天，许一诺对老九说：“要不考研、要不好好找个工作，不能再这么瞎混下去了……”

老九有种想哭的感觉，然后说：“我会的，但无论是什么，我都会在这座城市等你回来……”然后转身离去，没有想回头。

就在这时，身后响起许一诺大声地呼喊：“老九。”

回头看她，老九眼里已满是挣扎不住的泪水……

许一诺瞪着那双漂亮的大眼睛说：“老九，我想听你再说一遍。”

老九顿时像泛开的水花煮沸了整颗心一般激动，慌忙跑回去一把将许一诺抱进怀里：“许一诺，我喜欢你。不，许一诺，我爱你。”

两年之间，老九一直像啃方便面一样啃书。都快把自己啃成呆子了，结果那天骑着一辆二手的电动车，就把我刚买的汽车给刮花了。

我让老九赔钱。老九说没有，像个无赖一样，还说他要去英国，为一个姑娘。

我心慈手软了，放过了他。老九就花了五十元请我在街边的摊上吃拉面，喝啤酒，一个菜也没点。我骂老九："你真抠儿，不能这样便宜了你。"

这就样老九在我的店里打了两个月的零工，然后我许了老九一场婚礼。因为老九说，他怕夜长梦多，得赶紧把许一诺娶了。

于是，我们狼狈为奸。在许一诺回国探亲时，把婚给他们结了。

现在的老九，完全像一个英国绅士了，给我发微信说他生了一个儿子，还准备再生一个闺女。

我说："我没份子钱可以给你随了，因为英磅太贵了。"

老九说："那你这干爹就免了呀。"

我举手投降，说："随、随、随。老九，我想你上辈子肯定是我的债主……"

我和老九，黑白颠倒、天各一方，但我们彼此怀念。

那一年，我离开了长沙

1

那一年，谁陪我在窗前看雪花儿；那一年，谁把失业的我捡回家；那一年，谁在合租的老房子里支一张小床，把大床让给我睡；那一年，谁在布头店买回最好的床单，为我铺好，说："纯棉的"；那一年，谁伸出手抹去我眼角的泪说："一切还可以重新开始。"

那一年，你夜骑自行车二十里路到夜场接我回家；那一年，你抱紧被酒客骚扰的我说："咱不干了，我养你。"我笑着流泪说："还是我唱红了，养你吧。"

那一年，没交暖气费的房子里，你把我冻得冰凉的双脚抱进怀里说："女孩子一个不能凉了手，一个不能凉了脚。"

其实你哪里知道“一个女孩子，最不能凉的是心”。但有幸，我无数次冰澈碎裂的心，在你这里又重新得以温暖，回到完整。

那一年，我没有多少钱，你也没多少钱。那一年，你花光了所有的钱为我买了那台最贵的录放机；你戒掉五元一包的烟，为我买西瓜霜；你省下一年的上网费，跑遍全城为我淘到最好看的演出服，冻红了双脸，还傻呵呵地笑着说：“咱一年不上网，这世界也忘不了咱。”

那一年，我拿到复赛的六千元奖金，一路狂奔到家想发疯地拥抱你，告诉你“我们去租个新房子，告别这狼狈的生活”。

可我怎么也找不到你。家里的一切如常，你贴在茶杯上的大头贴如常。可你去哪里了呢?

手机一直是“暂时无法接通”状态，可这暂时就暂时了九个小时，暂时到我对整个世界都失去了希望；暂时到我被警察通知来到急救中心，傻得说不出一句话；暂时到我摸到你裤兜里那枚并不昂贵的戒指，终于泪如雨下……

你说过，这个冬天会向我求婚。但到底是哪一天你不告诉我，你说要给我惊喜。

其实我知道，你一直在偷偷攒钱。

那一天，我去工地给你送保暖内衣，看见你一个人躲在背风的角落里吸着一桶杂牌的方便面，我捂着脸落荒而逃……我怕打破你幸福的秘密。

我一直生活在你给的春天里，其实我并不那么在意苛求你说过的“要给我一个春天”。可是，现在整个世界都陷落了，我的人生还会有春天吗?

那一年，你离开了长沙，从此再也没有人把我冰冷的双脚抱进怀里；从此再也没有人说“咱不干了，我养你”；从此再也没有人为我铺好纯棉的床单说“这可是最好的”；从此再也没有人陪我哭湿绝望的长夜；从此再也没有人用宽厚的手指抹掉我眼角最后一滴眼泪说“一切还可以重新开始”，而我和你的重新开始又在哪里……

那一年，我愿你只是离开了长沙，而不是离开了这个世界；那一年，我也离开了长沙，因为没有人再陪我说这些话；没有人再把我拥进怀里，对我说那一句：“我爱你！”因为现在，你我隔着的不是万山，不是重洋，而是阴阳……

半夜，我在手机里看到晴晴（二姑的女儿）的这篇长微博后，浑身打了个激灵，没交暖气费的房子里更让我觉出彻骨的寒冷。

我手忙脚乱地拨晴晴的手机号后，传来的却是“您所拨打的电话已关机”，我更慌了，连忙又拨二姑的号码。

2

拨出之后，听到铃声，我才有点后悔，大半夜贸然地给二姑打电话，会不会吓到二姑。然后忙摁了“结束通话”。

但抽完一颗烟之后，我还是决定给二姑再打一个电话。我正准备着想说的台词，二姑的电话就打过来了。

“永生，你刚才打电话怎么又挂了？有什么事吗？”二姑的一句问，把我问得惶恐无措，我只是搪塞地说不小心摁错了。

然后，二姑问我最近过得好不好，天冷了有没有买新的棉衣，要不要买一件给我寄来。我忙说不用不用。有了这几句家常的问候，我有了开口的台阶，我问二姑好不好，药有没有坚持吃，随后就把想问的问题问了。我说：“晴晴最近有没有回家。”

二姑说：“晴晴，你也不是不知道，她哪里想过回这个家。”听到这话，我心里一下子没了底气，又感到一阵害怕。连忙和二姑客套几句，叫她早睡，然后拼命地想怎么才能把晴晴找到。

3

好在第二天我终于通过微信和晴晴以前一起唱歌的小姐妹取得了联系，得知晴晴还在长沙的确切消息。

我千叮咛、万嘱咐地交待她无论如何也要看管好晴晴，不要让她离开半步，等着我坐飞机最快赶到。

4

我因与二姑的感情有些不同，因此也与表妹晴晴有了不一般的关系——晴晴是我的表妹，而实际上已如同我的亲妹妹。我出生那年，母亲一直没奶水，恰逢二姑刚生了表哥不到半年，于是我是吃二姑的奶水长大的，直到三岁。所以，在我潜意识里一直认为二姑是我的妈妈，因此我与二姑的关系也就不仅仅限于姑侄，而我们全家人，包括我的母亲都一直在强调“长大了，一定要疼你二姑”。何况，这么多年，二姑一直像疼儿子一样地疼我，尤其是表哥十九岁那年跟大学同学一起去登山，出了意外离世之后，二姑更是牢牢地抓住我不肯放手，从心里真把我当成他的儿子了，就像溺水时可以抓住的唯一的一棵稻草，而容不得半点儿拒绝、推诿。当然，这也是我应做的。

同时，晴晴也一直当我是她的亲哥哥、老师、哥们儿，甚至还有点“男闺密”的成分。几乎跟我是无话不谈，对我也没有什么隐瞒，倒比亲哥哥更多了一份“随意”，而这随意的内容，是她愿意毫无保留地跟我说她所经历的一切无奈、无助、寂苦、悲欢。

晴晴其实是个聪明的孩子，但她的聪明不在那些代数公式、英语单词和古文诗词上，所以，她也必将被规定的考试打败，初中毕业后，只上了个技校，还是二姑逼着去上的。晴晴的喜好与愿望是当一个歌唱明星，晴晴的歌唱得很棒，模仿能力也极强，唱谁的歌像谁，几乎可以乱真，但青春时代的现实终究没能给她什么像样的机会，直到现在，她依然只是个四处跑小场子的标准“歌漂儿”。

晴晴这些年，一直在外漂，为着她“不肯悔改”的梦想。如今晴晴三十二了，还没有结婚。但我知道晴晴最近这两年和一个流浪鼓手（平时也会去工地打零工）谈着恋爱，而现在从她微博的内容来看，必定是那个男友出事了。

在第二天中午，我终于找到了晴晴在长沙的出租屋。那个和晴晴一起唱过歌的小姐妹领着我去的。

晴晴的出租屋里满地狼藉，充满着潮湿霉气的味道，厚厚的窗帘遮掩的屋里一片浓重的灰暗。而晴晴躺在床上，头发凌乱，眼神呆滞，连呼吸都是无力的……

我气得骂起来："作死呀，你以前怎么作我都不管，可你现在这么作死你对得起谁？你连自己也对不起……"骂得越狠，我的眼睛就越涨得生疼，一把将晴晴从床上拉起来，眼泪已滴到手背上了。

我简单收拾了一下晴晴的行李，先背着她到医院检查了一下身体，好在没有大碍，然后我带着晴晴回了家，火车坐了一天一夜，又坐出租车回到小城。一路上，晴晴没有说一句话，我把她搂在怀里，就像搂着一个无声的孩子。

5

二姑见我们这样回来，给吓坏了，急得也问不出什么缘由，只是一颗颗地掉眼泪，然后又忙着去买各种鸡鸭鱼肉，回来一锅锅地炖。再大碗小碗摆满了晴晴的床头桌。

第三天，晴晴终于开口了，然后就是一直哭。

原来，晴晴的那个小男友，为了多挣一点钱，为了能让晴晴早一点登上梦想的舞台，日夜加班，从工地的六层楼上跌了下来……

话说出来了，我们终于松了一口气。当然，有些伤只能靠她自己慢慢痊愈。

6

我交待好一切，留了一张存了三万元钱的卡给二姑，并再三嘱咐她：有什么事一定要给我打电话。

然而，事情并没有我们想得那么乐观。那之后，晴晴一度悲痛欲绝，并且患上了重度忧郁症，几次想自杀，好在被时刻不离的二姑及时发现。晴晴也因此被贴上了“神经病姑娘”的标签，原本，频频登门要为晴晴说一个好婆家的媒婆们都瞬间消失得无影无踪。

这种状态持续了两年之久，在药物治疗的作用下，晴晴的精神状况渐渐有了好转。二姑本想为她找一个寻常人家，过安稳日子，但晴晴绝不答应，晴晴举着菜刀以割腕相要挟，如若那般，她宁肯死。二姑哭着叫我去劝了几次，晴晴还是坚持她的决定，绝不肯嫁在小城、小镇，生儿育女，过一辈子看上去能让父母满意的生活。

我知道晴晴心里的“要害”，所以也不敢违抗她的固执，只劝她凡事多体谅一下老人的苦心。

晴晴最终还是从家里走了，去了北京，做了一个北漂儿。

晴晴还是干她的老本行，四处去唱歌养活自己，也去做过一段时间的群演，没有风光，有的应该只是不轻易与人言说的辛苦，还有伤痕累累、遥不可及的梦想。

不管她在不在家里，只要她懂得照顾自己便一切安好。至于其他的事，你再怎么逼她又有什么用呢？我也是常常用这么无奈的话宽慰二姑。二姑的心大概也死了，没办法。

最近这几年，晴晴的想法变得很实际，说要在北京拼命挣下一套房子的首付，然后把二姑接去，说得是那么信誓旦旦、言之凿凿。

而事实的真相是地球人都知道：在北京买一套房，哪怕就是交一套房的首付，那也像天文数字般高得吓人。对于晴晴这样一个几乎等同于民工的“小北漂”野歌手来说，有点

“痴人说梦”，但又没人敢去打扰她狂热般的热情，尤其对经历过感情重创，得过忧郁病症的她，二姑和我这样的亲人，更是不忍心。

但是五年前，晴晴还真就“风光”地回家来了，说房子装修好了就接二姑去北京住。

7

有件事，忘了交待，二姑父三十六岁那年肝癌去世，二姑已丧偶守寡多年，一生没有再嫁。

那年，晴晴除了带来了房子的喜讯，还带回来了男朋友，一个高高帅帅的大晴晴五岁的小伙儿，晴晴告诉大家男朋友的身份是某演艺公司的艺术总监。我当时的判断，那只是一个四处搞街头庆典的“戏班子”，晴晴当然也心知肚明，但我不忍拆穿真相，何况，我也希望二姑安心，希望晴晴能过上踏实的幸福日子，找一个这样的小演员，两个人辛苦打拼，也不错。只是担心晴晴的人生路别再有什么闪失。

然而，事情到最后，晴晴还是没有得到善终，那个所谓的“艺术总监混蛋”骗钱、骗色还玩人间蒸发，晴晴的十六万积蓄都被那人骗走了，直到报案，晴晴才知道连人都是假的，身份证查无此人。

晴晴吓傻了、哭傻了，给我打电话的时候，我只是强压住心火，安慰她事情迟早会解决的，而不敢骂她一句“脑残”。

钱最终没有追回来，因为人一直没有找到。晴晴经历了这一次“渣男事件”后像换了一个人似的，什么都不相信了。歌倒还四处唱，钱也四处挣，但一分也不攒了，花钱如流水，挣一分、花一分、四海为家。从她的微博上，就可以看出来，她在疯狂地“走南闯北”“恣意江湖”……

过中秋，二姑打电话叫她回家，她说要去深圳演出；过春节，二姑说“年总得回来过吧”，她说，要跟一帮哥们儿去泰国旅游……总而言之、言而总之，就是不回来。

二姑也把眼泪哭干了，每次打电话都长长地不肯停歇地叹气道：“你说，晴晴可怎么办呢，可怎么办呢……”

8

当然，晴晴心里也是有顾忌的，一年当中，还是肯回来跟二姑见一面。

这一年的中秋，晴晴本没打算回来，是二姑打电话强烈要求晴晴回来的，二姑也把我叫了回来。说此番一定要让晴晴对自己以后的打算说出个一二来，不然就不放她走了，还跟我一起合计能有什么对付晴晴的计谋。

我进了二姑的家门，晴晴坐在沙发上头不抬地刷着微信。二姑坐在另一张沙发上脸色阴得很难看。我忙把手上的水果放下，然后跟她们打招呼，晴晴抬了一下眼皮说："哥，你来了。"接着又低头去拨弄手机。

二姑起身说："永生，你坐，我去弄饭。"二姑用饱含央求的眼神盯了我好一会儿，我懂，她是要我劝劝晴晴收收心，想想自己以后的日子……

我点头示意：懂了。二姑转身去厨房，彳亍的背影，让我感到心酸，二姑不知从什么时候开始迅速地老了，背驼得有些无力，感觉就要倒下去似的。

可我面对晴晴却半个字也吐不出来，只好也沉默着摆弄着手机，没话找话，有一搭无一搭地跟她扯些最近活儿好不好干，钱挣多挣少，在哪里住，房租贵不贵，吃饭有没有规律的闲话。我知道，我的劝说对晴晴已无能为力，改变不了她什么。但想着二姑的苦心又不甘心，总还是要说上两句，却又不知说什么合适。

就在这时，只听从厨房里传来“哐当”一声巨响，我和晴晴都被吓了一跳。几乎同时条件反射般地一起冲向厨房……

9

二姑躺倒在地上，炒勺里的菜洒了一地……

我和晴晴坐在县医院病房外的楼道里，晴晴一直在无声地哭，眼泪一会儿一脸、一会儿一脸……

我也红肿着眼睛，这才知道晴晴所谓的对一切的无所谓只是强颜欢笑的伪装紧紧地裹着她那颗早已破碎不堪的玻璃心。

二姑是胰腺癌晚期，已确诊两个多月了。只是这个消息，我们今天才知道而已。

我说：“晴晴，你妈是没办法才叫你回来的，叫你回来或许也没有要拖住你的意思，她只是想自己来日不多，想要你给她一个安心的交待……”

说到这里，我也说不下去了，掩面流泪。晴晴一直压抑的哭声终于像决堤的水，止不住的号淘声崩溃地响彻了整个楼道，我赶紧上前紧紧搂住她不停战栗的双肩……

“晴晴，别怕。有哥呢。”

10

在医院的这段时间晴晴是寸步不离、衣不解带。有时候，我去替晴晴的班，在门上的条形玻璃里看见晴晴趴在二姑的膝上睡着了，二姑忍着身体强烈的痛，努力地抚摸着晴晴的头发，一缕一缕就好像晴晴还是那个没长大的八九岁的小姑娘，二姑一时笑、一时泪，这让在门外面偷看的我也忍不住心酸，抬手抹着眼角一颗接着一颗的泪……

这期间，晴晴满足二姑的一切要求，想吃什么吃什么，想做什么做什么，尽管二姑什么要求也没提过，但我清楚地知道，二姑只是想要晴晴给她一个安心的交待，她才能坦然瞑目。

晴晴也应该知道，但晴晴说不出口，或者不知道怎么说出口，她对世界已迷茫，人生无方向，像一棵无根的野草……

医院下了病危通知，二姑临终的那一刻，晴晴已哭得泣不成声，几乎晕厥，直骂自己“不孝”，我让爱人把晴晴推了出去，怕她再有什么不测，毕竟她是有过忧郁病史的人。我不敢想，二姑断气的那一幕，如果刻画在晴晴的心里，她这一生会留下什么不安的心理阴影……

11

二姑终于没能挺过五个月，二姑走了，走得很不心安，走时死死地抓住我的手，说不出半句话，但我知道，她心里有千言万语……

我只是叫她放心，说晴晴交给我，晴晴就是我的亲妹妹，我会让她有一个家。

我担心晴晴会再一次患上忧郁症，生怕她犯病，我和爱人一起硬生生地把她“绑”到了我家里，有我们的照顾，有八岁女儿的天真，希望这个环境能给晴晴一点烟火的温度、熏染和依靠。

但晴晴还是郁郁寡欢，每天沉默不语，我甚至萌生了再次给她寻找心理医生的想法，虽然我怕那又是一把双刃剑，起了反作用。我让爱人多劝慰开导她，有时干脆让爱人跟她同睡一室，希望她们能发展成闺密关系，我甚至还故意“教唆”调皮的女儿去跟她“捣乱”，好分散她的注意力。但都事与愿违。

我想，我必须得跟她“短兵相接”一次了，实在不行，就得走“医疗路线”了。反正我不能看她这样“沉沦”下去，那样的话，二姑泉下有知，也会怪我这个当哥哥的不尽心。何况，她临终前，已予我沉重的托付。

那晚，爱人带女儿去姥姥家有事。我从外面应酬回来，晴晴正一个人在电视前面无表情地看着一档选秀节目。我坐到沙发旁，沉默了良久，然后借着酒意说了那番如果放到平时，怎么听怎么别扭的话，因为“太文艺”，但所幸的是，真管了用。

我说：“晴晴，这世间的红尘男女，能活成绝唱的少之又少凤毛麟角，并且往往都付出了沉重的代价，忍受非凡的苦痛与寂寞。大多数还是要一生扮演平凡的角色，平凡其实也没什么不好，就像我跟你嫂子这样，没有大富大贵，但能相伴相守，用心操劳日子带大孩子，这种圆满不也是人生的一种宝贵吗？不管你经历过什么，一切都过去了；不管你担心什么，一切都还没到来；就算你曾经沧海，但你终究还是要有属于你的那杯水守着，才是人生的常态。再说了，母生你一命，是希望你活得快乐、平安、健康，不孤独、有依赖、有陪守，而不是看你一时的潇洒、自在，甚至是风光，那样她才心安，因为没有谁能永生，也没有谁能完全活得躲开这世俗烟火。”

晴晴听到这儿，泪水一下子夺眶而出……

我说：“晴晴，你到什么时候都要记着，你不是一个人，你还有哥、有嫂子、有童童（我女儿），我们是一家人，我们也不会让你永远一个人的。”

12

半年之后，我费尽周折，打算在县城给晴晴办一个艺术培训学校，想帮助晴晴建立一份稳定的生活，让她能在我看得见的范围之内，然后其他再慢慢解决。

但晴晴还是没有听任我的苦口婆心，她说：“哥，我的世界不在这里。但哥你放心，我会好好活着的，妈生我一条命，不是让我糟蹋的，妈生我到这世界，也不是让我自弃自暴的，她是希望我能好好的……”

听到这话，我落泪了，我知道，晴晴的心终于是长大了，不管她去到哪个城市，她都能走好她的路。

就这样，晴晴去到她想去的地方。其间，我没再频繁地给晴晴打电话，晴晴也没有给我打。微信很方便，晴晴每天发位置给我报个平安，有时晒晒她四处唱歌的照片，都是开心的笑，很阳光。

而我还是一万个不放心，用心良苦地留意她的每条微信，观察她朋友圈的每一个风吹草动，哪怕只是蛛丝马迹。一旦发现她的情绪不对，便留言评论、安抚、打气、加油，每次都不忘加一句：有哥在，什么事也别怕。

两年的时光一晃而过，晴晴开着车来我家，带来了两样东西：一张艺术培训学校的营业执照，一张结婚证（这事儿，我们没怪晴晴，她完全能自己做主）。

晴晴找了一个搞外语培训的老师，文质彬彬的，不太会说话，但喝酒的时候，你叫他喝多少，他就喝多少，结果没三杯就醉倒了。这么看来是有点“笨”，但叫人心里踏实。我替晴晴高兴。

晴晴虽然是个绝对的大龄剩女了，但结婚时，还是像小女生一样在微信里晒出“幸福照”。晴晴跟我开玩笑，说：“哥，你说我这样会不会被人骂装嫩呀？”我说：“不会，谁敢说，我揍谁去。”脸上露着跟她一样的笑容，心里却莫名地潮湿：晴晴终于有了一颗强大的心，而不是像从前佯装坚硬的外表下，时时刻刻裹着那颗易碎的玻璃心。

心里装进了阳光，生活也就阳光了，人生也就阳光了。这样多好！

13

没过多久，晴晴传来喜讯：喜添一子。看着她的笑容，那才是我见过她最幸福的时刻。我终于心安了，从此以后，她这一生也有了责任，有了负担，有了牵挂，愿她从此不论富贵、贫困、艰难，都能活得健康、平安、踏实，那才是人生最大的富足。

世界是复杂的、人性是复杂的、生活也是复杂的。其实仔细想想，我们在这么多复杂中的所有努力，仿佛只是为了能活得更简单些。

所以，不管你经历过什么，有着哪些残缺、不足或遗憾，那都不是事儿，重要的是你懂得给自己的人生开出一个简单的方子：一味是懂得，二味是珍惜，三味是经营，便可心安理得地拥有那份属于自己的幸福生活。

陪你再走一程青春路

人生充满那么多不确定的相遇，在这些相遇中，有一种叫作：当我路过你的青春，就像一场雨路过秋，一瓣香路过一座城。当我路过你的青春，看到淋湿的你，请让我陪你再走一程。

最近，大学刚毕业的李东，一时工作还没着落，为了生活，他暂时找了份晚上替班开出租车的活儿。这活儿虽然辛苦，但来钱比较快，他听说晚上歌厅、酒吧之类的场所活儿多，就天天在那儿守着。

这天晚上，在一家歌厅前一个年轻漂亮、穿着鲜亮的姑娘上了他的车，李东在后视镜里也不免多看了几眼。可是当他听清姑娘要去的地方时，脸上立即浮现出一丝不屑。

原来那是一所大学的学生公寓。李东知道有的女大学生为了虚荣，会去那种场所挣钱，他本能地厌恶这种女孩，但反过来想，自己不过是个临时司机，也就管不了那么多了。十分钟后，李东把车停到了学生公寓门口，看了一眼计价器，冷冷地说：“十五元。”可那女孩竟然毫不理会地下了车。

李东慌忙下车拦住她道：“你还没给钱呢？”没想到那女孩向他靠近一步嗲嗲地说：“帅哥，能打个折吗？”李东脸一红，说道：“对不起，不行。”

女孩撇撇嘴，从包里抽出一百元，但只是在李东面前晃了晃，随后说道：“那跟你商量个事，行不？”女孩说想长期坐李东的车，但必须得优惠点儿，享受包月价。

没等李东反应过来，女孩拿过李东的手机打通了自己的手机，就这样留了李东的电话号码，说：“每晚十点，你准时来歌厅接我，我要是过了十五分钟还没出来，你就进去找我，我叫程小蝶。这一百元算是定金，到了月末，我再给你剩下的。”捏着手里的一百元钱，李东想自己正着急用钱，有个固定的客户也不错，就答应了。

转眼到了月底，这晚，李东在歌厅外等程小蝶，打算顺便提结账的事。可等了很久也不见她出来，手机也关机了。李东就进去找，可领班说她根本没来上班。

再有程小蝶的消息，竟然是在网上。一则“女大学生当三陪”的微博在网上传得沸沸扬扬，女主角正是程小蝶。李东不禁暗自骂道：“不知廉耻，活该。”

李东不甘心自己的五百多元车费，就去学校找程小蝶。可学校说程小蝶因涉黄，已经被学校开除了。李东这才感觉自己上当了，只好自认倒霉。

可是半年之后，李东拉活儿时，却在一家超市前的促销演出舞台上看到了正在唱歌的程小蝶。李东停下车，等程小蝶唱完了，直接去后台找到了程小蝶。

李东一把拉住程小蝶，程小蝶挣脱开李东的手臂：“你想干什么，你不会就是为了那几百元钱吧？你要钱，好，我给你，你立马给我滚蛋……”

李东气呼呼地说：“不是为钱，我是为你这种人不值……”

听到李东这么说，刚才还撒泼打滚的程小蝶突然安静了，紧接着就呜呜地哭了起来……程小蝶这一哭倒把李东给哭得有些无措了。

程小蝶哭了一会儿说：“钱我给你，但我必须得让你知道我是不是那种人……”

程小蝶说，她老家在偏远的乡下，家里无力供她上大学，她一直通过自己的努力勤工俭学，一个在歌厅里工作的姐妹老乡给她介绍了一份薪酬不错，还有小费的酒水推销工作。可是那天晚上，一个客人喝多了撒酒疯，点了酒不肯付钱，还点名让程小蝶自罚三杯才行，还扬言只要程小蝶把酒喝了，他还会另加一千元的小费。其实，程小蝶知道那人是借机想骚扰她，本想拒绝，但老板娘过来打圆场，极力地劝程小蝶忍一下，还说："就三杯酒的事，不还有一千元钱小费吗？忍一下，挺过去就没事了。"后来又从劝变成了肯求，求程小蝶给她一个面子，毕竟做生意来者都是客。那阵子，正赶上又要交学费，所以她就把心一横喝了一杯，那客人连连叫好，又倒上一杯酒说："再跟我来个交杯酒，小费另加五百……"

老板娘在一旁极力地跟着煽风点火："五百元钱，值，喝吧，小蝶，就这一次，喝了以后，在我这里再给你涨工资。"程小蝶只好答应就这一次，可就是这一次让她彻底栽了。因为那晚包间里的陪酒场面第二天不知被谁拍了照片上传到了微博，还传得铺天盖地，恰巧又正值市里严打黄赌毒，警察来学校调查，不管程小蝶怎么哭诉解释，还请老板娘来作证，但学校还是迫于各方面压力就将她开除了。

小蝶万念俱灰，家里辛辛苦苦把供到大学，却落了这么一个结局，这要是让家里人知道了，父母还不被气死呀，程小蝶，甚至一度想过自杀，但又想要是那样做，就更对不起父母了。于是决定一边打工，一边继续努力找个像点样的工作，等到大学毕业的时间，好给家里一个合理的交待。但现实又太残酷了，眼下她只能先解决生活问题。

程小蝶似乎把一肚子的委屈都发泄了出来，此刻正泪雨滂沱。李东被整懵了，好像错的那个人不是程小蝶，而是他自己。

李东吞吞吐吐地说："我不是来要钱的，我就是看见你，过来跟你打个招呼……你、你、你以后有什么打算了呀，就这样下去吗？"

"走一步，看一步吧。我今天没带那么多钱，你把我微信加上，我转账给你吧。"程小蝶叹气道。

"不要了，不要了，算了。"李东说。但程小蝶还是坚持把钱转给了李东。

一个月后，李东找到程小蝶，说自己已经成功应聘到一所私立高中当老师，并跟学校的领导沟通好了，说暑假后，自己有个妹妹要来复读，他要程小蝶去好好复读一年，再考一次大学。

小蝶听到这个消息，眼里一下子涌满了泪光……

感谢你与我擦肩而过

1

阿棉认识秀彬是在一个秋天。

那时候，刚毕业还不到一个星期。同学们都在四处投简历，急着给自己找一个落脚的归宿，而阿棉却像是这其中最笨也最倒霉的一个，因为她会写小说、会写散文、会写诗歌，却写不好自己的简历；她可以在电脑前噼里啪啦地打字、煽情，把一个个子虚乌有的故事说得天花乱坠，但见了人却笨嘴笨舌地话都说不利索。偏偏那时又正好赶上那座城市在搞“三年大变样”，到处都在拆房子，所以她连住的地方也都没有找到，只好赖在学校宿舍里。

2

那天早晨，阿棉头昏昏的从学生公寓里走出来，因为昨晚熬夜的缘故，显得有些憔悴，何况她一直以来都不是个精致的女子，什么眼影、口红、香水都与她这个长相平凡的女子无关。所以大学四年，爱情也跟她无关。

阿棉不知道第一次遇见秀彬的早晨，留给他的印象是不是很邋遢，宽大没型的纯棉 T 恤、发白的牛仔裤、随意扎着的头发，还有信手拎着的那个用了四年的已像个老古董似的饭盆儿，看上去像个无家可归的孩子。

她是准备到公寓门口的那家小吃店去打一碗豆浆的，也就在那时碰见了拖着行李箱刚走进校门口的秀彬。阿棉说当时自己有些好奇老学生都走了，新学生还没有来，暑假才刚刚开始，大学的公寓早就人去楼空，除了像我这样奇怪的女子。偌大空寂的校园里，竟然还有和自己一样在这里躲着孤独的人。而这个人是做什么的，来这里又是因为什么样的缘故，阿棉一无所知，只有凭空的猜测。

接下来的日子，总是在校园的某一处有意无意地遇到他。阿棉有时候会傻兮兮地观察人家的样子，很干净的一个男人，也不失小小的俊气，眉目清秀就像这座小城纯净的天空；喜欢穿蓝格调的 T 恤或衬衫，复古灰的牛仔，棕色的休闲皮鞋，纯白的鞋带儿分外的干净，一尘不染。

小说就快要到交稿的日子了，阿棉一天天疲劳地赶着连自己也觉得荒唐的情节，却怎么也想不出一个最起码可以让自己接受的结局。偏偏这时候，她的笔记本电脑也和她作对，罢工了，不知怎么就死机了。她绝望透顶，因为这将意味着自己辛辛苦苦创作的文字将胎死腹中了。而对于电脑，她完全是个菜鸟，只懂得用而不知道怎样维护它。

在那个无奈又无助夜晚，她索性扔下所有，出来透一口气，因为她怕再待在那间只有她一个人的屋子里，真的会绝望地疯掉。

3

校园里也是死寂一般的寂静，阿棉有头无脑般机械地走在再熟悉不过的每一条路上，却寻不到一丝希望的痕迹。低调的夜晚没有月亮，星光黯淡。可是，突然就有清脆的吉他声从路的另一角传来，像一阵风掠过。弹奏的是朴树的《白桦林》，淡然恬静的忧伤却能直抵心底。

阿棉一步步走近，看到男生公寓楼的门前，那个人就那么安静地坐在那棵合欢树下，指尖划过的吉他上满是流淌着岁月无常和莫名的悲伤。

那个人终于发现了阿棉已走到他的跟前，琴弦戛然而止。他抬起头望着阿棉看起来有些古怪的表情，礼貌地对她笑了笑。

阿棉说，也就在那一刻，她的脑海里突然就升腾起关于她那个故事的结局。原来，任何一个故事的结局都是不能用来计划的，而是冥冥中遇到的。人生又何尝不是如此?

可怜的是：她的电脑现在还休克着，这使她不能把这个结局完好地打出来。

就那么尴尬、沉默了片刻，接着她听到那个人说："你好，你是在这里住的吗，是不是吵到你了，如果是，真的是抱歉……"

"噢！不不不，不是，我只是……"阿棉说，当时她也不知道为什么就向他自报了家门，说了自己的境遇，还有在这里的生活。

令人高兴的是，当他知道了阿棉今晚的麻烦时，很随意地说了句："如果你不介意，我倒可以试一试医一下你的电脑。"

然后浅浅地笑了笑，让阿棉心里一下子像照进了万丈阳光。

他果然是个电脑高手，帮阿棉挽回了几乎全部的篇章。而阿棉却不知道拿什么来感谢这个救她于及时的陌生人，而当时宿舍里又脏又乱的状况，让阿棉窘得脸一阵阵发烫，连她自己都羞一个女生怎么可以这么邋遢。

后来阿棉知道了，他原来是来这里报到的老师。

4

秀彬毕业于一所很有名的外语学院，只因为现在这座城市到处都在拆建，也是一时找不到房子，所以找到学校交涉，才暂时住在这里。

为了表示感谢，阿棉请秀彬老师去学校校门口的小吃店里吃五元钱一碗的担担面，秀彬老师表示出很乐意、很开心的样子。而事实的真相是阿棉的钱包也只允许她负担这些。

秀彬出生在一个双职工的小康之家,从小就是一个乖乖男，也一直是个好孩子、好学生，人生的路仿佛就是设定好了的一帆风顺，可以说是称心如意。他这样对阿棉描述自己，而他却说他就是这么平凡的一个人。

阿棉听完忍不住发出阵阵唏嘘，笑他这么不知足，说：“哪里还有比你更幸福如意的人，比起我这个从小城镇走出来的泛泛女子真不知要幸运多少倍。”而秀彬却冲阿棉苦笑：“你个小丫头，就是嘴尖牙利，不肯饶人，小心嫁不出去……”

猛听到这句话，阿棉的心不知怎么竟暖暖的，很奇怪，竟然“不要脸”地顺口说了一句：“如果我嫁不出去，你肯不肯屈尊收留我这可怜的小女子……”话一出口，才觉得有点过头了。

看着秀彬认真瞅自己的表情，阿棉的脸一下子红透了，脖子根儿一阵阵发烫，竟一时间语塞。空气就像是凝固了一样。

阿棉说，真不知道自己当时的样子有多傻，然而秀彬老师很快就转了表情，扑哧一下笑出声来：“可以呀，你这么乖、又这么漂亮，到时一定会把你当只小懒猫一样地宠着，养着，让你幸福到老……”

秀彬老师孩子般笑着的表情，终于打破了这份尴尬。而阿棉说自己心里却一下子幸福得如春暖花开。

5

阿棉说自那以后，不知怎么他们之间突然像是多了些什么，有些不自然起来了。

后来秀彬告诉阿棉，其实他也有梦想，他的梦想是做一个乐手，写歌、流浪。秀彬说他毕业后，来这所学校做外文系的讲师，也是家里的意见。

阿棉说她真的不明白，像秀彬这样令好多人羡慕的生活，竟然不是他最想要的。

时光继续着，有精彩，也有孤单。他们会照常一起出去吃饭，有时候闲了，偶尔也没头没脑地到处瞎逛一下，并不买什么东西，但他们之间却很少再开玩笑了。

阿棉说他们不是恋人，却会经常在一起；他们不是师生，因为她已经毕业了，而秀彬才刚刚到来，没有教过一个学生。而他们却在这里相遇了。

阿棉说她的心就这样奇奇怪怪地忧郁起来，有好几次夜里醒来，直直地瞪着眼，一动不动地瞅着天花板发呆。有好几次，阿棉都莫名其妙地问自己“我不会是爱上他了吧？”每当这样想时，都会惊出一身的冷汗……

小说的初稿已经寄出去了，但阿棉还没有离开的意思，因为不知道秀彬什么时候会走。她还没有想好要以什么样的方式跟他告别，一切都还没有想好，一切……心就这么地乱着。

6

直到那个看起来再平常不过的下午，秀彬来找阿棉说要请她吃一顿饭。阿棉有些吃惊，因为在这之前他们一直都是AA 制。

他们去了三里路外的一家西餐厅，走着去的。阿棉说她是第一次和男孩子来这种地方，感觉怪怪的，但还是抑制不住心里的欢喜。

秀彬很绅士地为她点了咖啡，阿棉却大胆地说："不如我们喝一点红酒吧。"秀彬同意了。

红酒上来，他们礼节性地喝了一杯后，秀彬说："小棉，我就要搬走了，你什么时候……"

当阿棉听到这儿的时候，心不知怎么一下子就紧张起来，紧张得竟有些疼，忙把目光看向别处，她想秀彬这么聪明的人，一定是看到了。

秀彬说："我觉得你应该去考研，因为你还这么小，况且你是个很特别的人，但你不是很容易会接受这个社会，这个社会也是很挑剔的，也不会轻易地接纳一个还没有长大的人。你还需要时间，还需要再长大一点……”

阿棉听到这话，眼泪终于没能忍住，落下来……原来秀彬竟把自己看得这么透。

秀彬说，他为阿棉准备了一些考研的资料送过来，还说相信阿棉会有一个美好的未来，却没有说这个未来是不是和他有关。

那晚，阿棉从西餐厅出来，感觉风出奇的凉，虽然秋天才刚刚来。

7

那天，他们在外面走了好久，而没有说太多的话。秀彬送她来到女生公寓的楼下，停住脚步，没有送她上去的意思。

“就此别过吧！”秀彬说得很平静。

阿棉步子没动。

秀彬假装笑着说：“傻丫头，别这样，也许我们还会见面。这个世界很小的。”

秀彬转身走了，没有再回头。

阿棉飞快地跑上楼去，伏在二楼的楼梯上哭了……

8

第二天，迷迷糊糊地醒来，校园里已再没有了秀彬的身影。而阿棉在女生公寓的楼梯门口，看到贴得很醒目的那张字条：

“傻傻的小丫头，再见了。希望你有一个好好的未来。我今天一早要去机场接一个从美国回来的朋友，所以不能跟你说再见了。也不想打扰你休息，知道你会睡儿懒觉。朋友是女朋友，很早就认识了，在还没有认识你之前。说今年要结婚吧，家里的意思……”

阿棉流下了泪。

天下起了小雨，这个季节也跟着阿棉一样哭了，而这一天，她很清晰地记得，是中国的情人节——七夕。

一个星期后，阿棉搬到同学那里去住，准备考研，每天都会定时想起那个人，但那个人又在哪里呢？她已无从知道。

秀彬就这样从她的世界里消失了，来的匆匆去的也匆匆，来的意外、走的也意外，就像一颗流星……

9

半年后，阿棉考研未果。又一次失望、又一次伤心，感觉这世界上没有一条路是为自己准备好的。失意的她，又开始想那个人，而那个人却已和她再没有任何关系，也没有联系。

阿棉说，那段时间，自己常常像个傻孩子，偷偷地跑去大学的门口，想遇到秀彬，却又不想让他看到自己失魂落魄的样子。

但那天，在校门口左侧的人行道上徘徊的时候，还是被秀彬撞到了。

“这些日子你还好吗？考研的事怎么样了？”秀彬问。

阿棉沮丧的表情说明了一切。

秀彬安慰她明年还可以再考的，而阿棉苦笑着，没再表示什么。

秀彬问阿棉来这里是不是有事，阿棉说没有，只是闲逛。然后他们道别，像朋友、又不像是朋友。

10

三天后，阿棉妈妈从老家打来电话，说省里在招聘特岗教师呢，要不回来考考吧，别老在外面漂着了，我们也很担心……

走的那天，同屋住的人都忙自己的事去了，不好打扰。阿棉决定一个人走。但走到半路上，还是哭了，因为不想走得这么孤单。阿棉犹豫再三，还是拨了秀彬的电话。半小时后，秀彬赶来了，很匆匆的样子。

看见阿棉眼睛红红的，秀彬说：“阿棉，别再老是听那首《越长大越孤单》的歌了，成人的世界里是没有童话的，我们不可能永远把自己装在一个美丽的泡泡里，靠梦幻来温暖自己，那太不现实，也太脆弱。慢慢学着做个大人吧……”

然后，秀彬送她上火车。临上车，阿棉突然地转过身说：“我想让你抱我一下，这样我才会勇敢一点地走以后要走的路，不知这样的要求算不算过分，虽然我知道你已经结婚了……”

秀彬什么也没有说，上来把阿棉抱在他的怀里。

而伏在秀彬的肩头的那份夹杂着伤感离别的温暖，终于让阿棉再一次泪流满面……

秀彬拍着阿棉的肩说：“记得，以后不论遇到什么，都要勇敢一点，这样你才会长大……”

11

阿棉决定回到家乡的一所中学教书，也许一生如此。

也许每个人都有一个不愿回去的故乡，是因为她曾在一座城，与某个人擦肩而过，却扔不掉那份悲伤的记忆。

第二辑

守一座城池，等你来
兑现那份地老天荒

因为你的美，我停下流浪的脚步；因为你的暖，我忘记了全世界。为爱守住一座城，为爱交换一颗心。世界那么大，但我知道，没有一个梦想能胜过：你和我，在一起。

青春衣柜里的苹果香味

1

忙碌的城市，每天都忙个不停。太多事，某些人，总是很快，或者慢慢都被贴上遗忘的标签。

烟火红尘，那么多的平凡琐碎、世俗纠缠，都要一一面对，或者碌碌苟且。但人人都有隐藏着自己那一份柔软的孤单，在某些莫名的时刻，悄然打开对某个人、某些年、某些事的怀念。

人生漫漫，世界广大。尽管有些人只是相遇，并没有一个完满理想的结果，但恰恰就是这份相遇，让你觉得分外可爱，万般可贵。

十四岁那年的暑假，她到乡下姥姥家玩，一个长相漂亮、穿着时髦的城里女孩儿毫无意外地受到很多乡下孩子们的羡慕追捧。好多同龄的女孩子都愿找她做朋友，因为她有漂亮的公主裙，有换着样的蝴蝶结、七彩的发带，有芭比娃娃，还有音乐手表。被人羡慕追捧当然是件美好的事，有哪个女孩儿不喜欢众星捧月的感觉呢？她当然也不例外。所以，在那堆穿着朴素甚至粗陋的乡下女孩儿堆儿里，她得意骄傲得俨然成了一个小公主。

2

只是让她可气的是，在这当中还有一个男孩儿也总是找各种机会来接近她。

她很讨厌这个不起眼儿的乡下男孩儿。他经常光着上身，只穿一条皱巴巴、脏兮兮的蓝色短裤，鞋子要么是脏兮兮、沾满了泥灰、柴草的农家布鞋，要么是断了一条带儿的塑料拖鞋，踢踢踏踏地趿着，要么有时干脆就光着一双黑黢黢的脚，小腿和前胸上总带着不知到哪里去淘气、搞破坏而留下的伤。更搞笑的是，他还学她说普通话，很蹩脚，样子滑稽得不行，有些不伦不类。

他真是让她讨厌极了的。可他还是那么不知天高地厚，甚至有些不知羞耻地来和她各种套近乎，来问她城里的学校有没有篮球场，城里学校的教室里是不是真的有电视、有电脑，电脑里是不是真的可以看到外国，可以玩什么三国游戏，城里的男生们是不是也经常打架，会不会武术，听说有什么跆拳道，城里的老师是不是也像乡下老师一样打人、罚站……

对这一切无聊的发问，她都是厌烦得不行，也懒得回答，有时被逼问得快要疯了，扔给他一句：“你有本事考进城里的重点高中，到时候一切就都知道了。”

他这才有些尴尬地卑微羞赧，落寞地转身离开。

3

一个雨天，他不知从哪里摘来几个绿苹果，用一件看上去略显干净的迷彩上衣包在怀里，在小小的房檐下等她从外面回来。天冷，他的鼻尖冻得通红，嘴唇发紫，一双泥脚不停地在那里来回跺着。但一眼看见她回来，眼里一下子跳出闪亮火热的目光，他还是像以往一样，有些羞怯地把那几个苹果举到她面前，操着瘪脚的普通话，说那是他自己家里的苹果园里的树长的。其实苹果还不到成熟的季节。他说，他摘的是刚有点甜味儿的，都是拣最大的摘的。

她瞧了瞧了那几个青青的苹果，眼都没有眨一下，把他的手一推说："我最讨厌吃这种绿苹果，你还是留着自己吃吧。"

男孩儿继续盛情地固执相送："要不就给你姥姥吃。"

她嘴一撇，厌烦地瞪他一眼："我姥姥没牙，咬不动。我们不需要。"

男孩儿尴尬地默默地低下头，沮丧地走了。从那天起，他再也没有来找过她。

她真庆幸自己的狠心和无礼，终于摆脱了这个烦人的家伙。

其实，她心里何尝不明白，那个穷酸可憎的臭小子心里装着的歪心思，可是他怎么也恬不知耻地不知天高地厚，癞蛤蟆想吃天鹅肉呢？就他那样儿，还想和自己交朋友，谈恋爱。

所以，她只当这是个笑话。

暑假很快结束了，她就要返城。一帮女孩子来家里送她，给她装了满满两书包的各种土特产，有花生、有红薯、有石榴、有土鸡蛋，还有乡下女孩儿自己在家里胡乱绣的"十字绣"。她也回她们礼物，送她们早早就羡慕不行的发带、蝴蝶结、芭比娃娃，甚至还把自己的一条学生裙送给了一个长得漂亮、穿的干净，当然也是和她最要好的那个乡下女孩儿。

坐上返城的城乡公交车时，只见那个男孩子急匆匆地跑来，双手高举着从车窗里硬递给她三个又大又红的苹果，然后什么话也没有说，转身跑走了。

一路上，看着那三个又大又红的苹果，她心里恍恍惚惚分明像多了些什么，又黯然摇头苦笑。

尽管她有些本能地不想吃男孩子送她的东西，不过那三个红苹果真是挺好看的，香气也浓，所以，她把那三个又红又大的苹果放进了她的小衣柜。那一段日子，她的小衣柜里满是甜甜的苹果香气。

4

时间一晃，一年半过去，第二年的春节，她们一家回姥姥家拜年走亲，席间意外地听到大人们议论谁家的孩子有出息，那男孩儿真的就考上了市区的一中，还说什么镇上给了三千元钱的奖金云云。

听到这个消息，女孩儿的心不知怎么被莫名地触动了一下，心里有一阵慌乱，也有股温暖，然后窃笑：没想到这傻小子还真给考上了，要知道，市区的一中可是连她们城里的孩子挤破门都不好进去的，差个三五分，托人花钱，也不一定就能争取到一个名额。就她像自己，不也是因为十分之差，而无奈去了二中么。

大人们喝酒谈事，她想出去转转，去找几个前年暑假认识的乡下女孩儿玩，看看她们如今都在做什么，是考了什么学校，还是辍学打工了，还是在家里帮大人种地。找来找去，找到了三五个，有的也跟着大人走亲戚去了。在她们口中，她再一次听到，那个男孩儿，同样被她们称为村里、乃至镇上最有出息的男孩儿，他考了个全镇第一名。

她们去村街上的小卖部买零食，看小孩子们一声声放爆竹的热闹。她甚至有些莫名地想与那个如今被称作最有出息的男孩儿碰上一面。

可是，她没碰到。

她甚至在回姥姥家的路上，悄悄绕路去男孩儿的家门口路过，希望有幸运的奇迹出现，但男孩儿家斑驳的大铁门紧锁，她猜测，他应该是跟着大人去走亲戚去了。心里竟然一阵怅然若失。

青春在左，年华在右。他们不过是燕尾点水，惊鸿一瞥，只留下那道转瞬即逝的波纹荡漾在心湖的波心。

5

几年后，她考到外地上大学，而宿舍里，她的储物柜里总是飘出阵阵苹果的香味，苹果是她一直钟情的水果，她被舍友们笑谑为“苹果女孩儿”。而每当市面上大批的苹果上市时，她去一大兜、一大兜地买苹果时，也偶尔会想起那个追着车、跑得满头大汗送给她三个红苹果的乡下男孩儿。

而他那么有出息，如今又多么“出息风光”地在这个世界的哪个角落呢？已无从得知，他们早已成了各自红尘中彼此不再熟悉的风景。

这年冬天，姥姥从乡下来城里看病，她有一搭无一搭地问起村里当初认识的几个小姐妹的情况，到最后也问了那个村里最有出息的男孩儿。姥姥说，那孩子可出息大了，如今在一个省电视台的农民频道作播音员，村里人都喜欢看他主持的节目。

她的眼神闪闪地亮了一下，嘴角扬起笑……

我们可以说那是一份无关爱情的年少无知，也可以说那是青春成长的懵懂，但那都是真的，不掺任何杂假。

就是这份纯真，才万般可爱与珍贵，没有精彩的故事，却也让人分外的怀念。

她到网上去看了那个省台的农民频道，果然有他。高大英俊，眉目清朗，发音标准，吐字如兰。她只是不太相信，那真的是他吗？

那个那年夏天，追着公交车，跑得满头大汗，高举着双手，把三个又大又红的苹果塞到她手里的乡下少年……

守一座城池，
等你来兑现那份地老天荒

1

开学的那天，严小歌帮忙接待报到的新同学们。学生们大多数都是由家长送来的，也都穿着新衣服，像过节一样，好不热闹。突然上来一个灰头土脸的家伙问：“927 班细（是）在这搭儿报到么？”很浓重的方言。小歌眉毛一挑、抬手捂起嘴差点笑出声来。

来人除了土、还有些滑稽，竟然留着儿童时代电影里的发型、黑黑的脸膛、浓浓的眉毛下边一双瞪得又大又圆的眼睛，好像一直在寻找什么答案似的。小歌指了指桌子下面的纸牌子装出严肃说：“这不写得很清楚吗，难道还会有人拐骗你不成？”那个家伙也张开嘴嘿嘿地笑了，憨憨的样子，露出两排白亮亮的牙齿，知道这是在和他开玩笑。

小歌家住市里，不用住校。开学之前，爸妈请班主任老师吃了顿饭，也和小歌认识了，就让她代理生活委员，这天帮忙接待新同学。

中午回到家吃饭再回到学校，小歌一进教室差点撞到一个人，正是那个背“行军包”的家伙，他正拿着笤帚、簸箕要往外走呢。

原来这个家伙一个人把教室里的卫生打扫了。而其他同学们这时候好像都还在新校园里四处“参观”呢。小歌突然觉得这家伙好像不那么土了。

自习课，小歌把从伙食部领来的饭票发到那家伙手里的时候，他惊讶、开心得像个孩子，因为他不知道学校里还会发饭票，自己从家里带了半纤维袋子馒头，还有一大罐萝卜咸菜。可是以后的日子里，每次放假回来，他还是会带半袋子干粮和一大罐咸菜来。

因为学校发的那些饭票，根本就不够用，他食量大得惊人，一个人顶两个人吃。

葛春武，在人们眼里成了一个又土、又特别能吃的另类家伙。

2

小歌因为不住校，几乎不怎么在学校吃饭，所以那些饭票都和同学换了钱买零食吃。突然有一天，当她在教室里看到一边抱着书本、一边就着咸菜啃凉馒头的春武，觉得自己每天吃着五花八门的零食很奢侈。

可是这天，当小歌把一打饭票递到春武面前的时候，这家伙竟然说什么也不要，还红了脸。小歌有些生气，没想到他是这么个死犟筋，连情都不懂得领。

后来小歌对爸爸说了，爸爸笑着说："傻丫头，难得你有这一片善心，可是你这样做是伤了人家自尊呀。他这么一个大小伙子，怎么肯平白无故地接受别人的施舍……

小歌似乎明白了什么，从那以后几乎很少再买零食吃了。

春武是在期末考试的时候一鸣惊人的，因为谁也没想到这个土里土气、温温吞吞的家伙竟然考了全年级第一，拿了令人眼红的五百元钱奖学金。

这家伙的二鸣惊人更让人们不敢相信，因为他竟然在市晚报上发表了文章，受到了文选老师严重的表扬。

经过这番表扬，这家伙似乎有些头脑发热了，竟然干起让所有人大跌眼镜的事。

学校有个不知荒废了多少年的文学社，这家伙竟然连夜手写了上百份倡议书，第二天雄纠纠、气昂昂地发到各班里去——他要重建文学社。

结果很失败，武哥很受伤。大家都忙着谈情说爱去了，没人顾得上和他这“半个神经病”闲着没事扯这个事。

可是就当他快把这事忘干净了的时候，突然一天自习课上，小歌却递给他一沓儿手写的稿子，问他可不可以登在他要创办的校报上。

春武先是吃惊，然后是莫名地感动。原来小歌把他发剩下的倡议书散发到女生宿舍里去了。

“不吃馒头总该争口气”吧，春武又煞有介事、堂堂皇皇地干起来了。小歌顺其自然地做了春武的助手，春武还开了个空头儿的文学社副社长给小歌，算是对人家的回报。

两个人一起在阴冷潮湿、昏暗不堪的油印室里印刷手刻的“创刊号”，弄得满手都是油墨，有时一不小心就涂到了脸上，彼此看着对方猫儿似的花脸，都忍不住笑出声来。

3

为了增加号召力，春武打算参加学校一年一度的演讲比赛，还说必须拿个第一。小歌的汗就下来了：“哥们儿，不带这么玩火的呀，你普通话都说不利落……”

但春武就是叫上劲了，抱着不拿第一誓不罢休的念头儿，精心而刻苦地准备，稿子改了又改，又一遍一遍地在上完了下午第二节课后、别人都出去玩儿的时候，自己对着空荡荡的教室里四十五张桌子玩儿命地练习……

以至于嗓子练痛了、声音也练哑了。

而在那一段儿有些悲壮却又充满着激情斗志的日子里，春武的抽屉里总会摆着一个洗得干干净净的、用白白的纸巾包好的青苹果。

春武知道是小歌放的，而他又知道其实小歌一直喜欢的是红苹果。而自己不过是在市晚报上发过一篇《青苹果之味》的文章。

后来，文学社正式创办成功，春武在市报发表文章，每每得了几十元可怜的稿费，就去买一堆苹果回来，一半红的，一半青的，红的分给小歌，青的留给自己。

这年春天，春武的一篇文章在省里获了二等奖，要去省里参加颁奖会，学校也打算为春武办作品展庆祝，引得很多人羡慕。

小歌却替春武担心。因为春武连件像样的衣服也没有，去省城领奖一准儿会被人笑话。小歌回到家，翻箱倒柜地找出爸爸不穿的两件旧毛衣，拆了，每天手不停地织。

一个星期后，小歌把春武叫到操场，拿着一件漂亮的毛衣一把拉过春武："来，试试。"

春武的脸就红了。

4

小歌还让春武带上了自己的手机，说出门在外，充电不方便，或者万一有什么事呢，着急的时候，有两个手机方便些。

春武领奖回来，学校里为他办作品展那天晚上，春武吞吞吐吐地要请小歌去学校对面的米粉店吃饭，说自己领了六百元钱奖金。

吃饭的时候，春武红着脸把一个盒子推到小歌面前，说了那声不成句的"生日快乐"。

小歌吃惊地问：“你怎么知道我生日？”

春武说：“我看了你手机里的备忘录。”小歌捧腹大笑起来……

笑得春武一头雾水，小歌捂着肚子说：“那是我小外甥的生日。去年我答应今年送他生日礼物的，怕自己忘了，所以才在手机里设了备忘提醒……”

春武的脸涨得更红。小歌说：“就当提前给我的祝福吧，谢谢你！”

小歌打开那个包裹，里面是一只粉红的小瓷猪，上面还写着一行字：“多存幸福，少支伤心。”

小歌的脸也温暖地红了，幸福地笑……因为她觉得自己和这只小粉猪真的很像、很像：多存幸福，少支伤心。

春武虽然成了名人，但生活依然拮据，奖学金一年只一次，一个学期毕竟太长，稿费也是杯水车薪。但他拒绝任何人的帮助。

意外的是，从三年级的下学期开始，春武每隔两个月就会收到一张三百元的汇款单。发款人是“瑶瑶”，但地址却不详细，只有市县。

开始春武觉得莫名其妙，他想也许是人家寄错了，不知什么时候还会来要的，所以这钱一直没领，当然钱就会自然退回去了。可是后来，钱还是雷打不动地照常寄来，时隔两个月、每次三百元。

春武就有些糊涂了，不知道这个好心人是谁。有人对春武说，也许是你在报上登了作品，人家赏识你的才华，才好心寄给你的吧。可是春武觉得这种说法一点儿也不靠谱。

毕业很快到来，那么多的分手眼泪，伤心留恋。小歌与春武也在这其中。

小歌留在了本市的一所中学做了语文老师，春武则考了北方一所大学的研究生。

5

春武说，等我，我三年后回来。

三年，也许真的不长。

小歌每天规律地过着朝九晚五的平淡日子，认真地在寂寞中等待，有人给介绍对象都是一口回绝，让父母也很着急。小歌就是每天守着手机准时收发 QQ 信息，诉说相思。

一年、两年、三年，时间过得好像还真不慢。小歌欢喜着盼望和春武的团聚。

但春武却带来了一个新消息，说要出国两年。春武说，人们都想去国外留学，索性我也考了一个，听说，将来要回国，就是“海归”了，就业机会和待遇都会大大提高。

小歌一下子有些生气，生气春武怎么不跟他打个招呼，生气很快变成委屈，但委屈最后还是变成了原谅。春武为他的前途多着想一点，也没什么错，春武的前途，不也是自己的前途吗。三年都已然等了，不怕再等两年。

小歌和春武就这样，每天黑白颠倒地互发邮件，有时候QQ，偶尔打个电话。

很快，两年真的好像是一晃而过了，这个夏天，是春武要回来的季节。

可是说好的那一天，当她打开手机，整个人都僵住了。

QQ没有任何多余的字，只说：“你不要等我了。”没有原因，也没有解释，更没有抱歉的理由。

小歌怎么也不肯相信，一连发了好几个信息给春武，又打越洋电话，电话关机。一天过去了、两天过去了……

也许永远没有回答了。

也许，国外的高等学府里，美女如云，也许他终于耐不住寂寞与诱惑，偎进了一个美丽风情的异域女子温柔的怀里，根本不想再回来了……

6

绝望的夜里，小歌把自己灌醉，听着悲伤的音乐不停地流泪，放肆地对着镜子里的自己笑，笑自己这么笨、这么傻……

小歌没敢回家，小歌提前给妈妈打电话说去一个同学家。其实，她自己去一家宾馆开了一个房间，一边号啕大哭，一边喝到大醉。第二天上午，依然躺在床上呼呼大睡的小歌被一阵不停地电话铃声吵醒，头昏沉沉地接起电话，是大学同学梅梅打来的，梅梅是小歌的闺密。

梅梅说有几个大学同学来了，要聚会一下。小歌说，我喝不了酒了啦，不想去了。梅梅说，不喝酒就来玩会儿，我们去唱歌。还强调必须得来，要小歌报出地址，开车来接她。

小歌没办法，只好收拾好自己，匆匆退房，跑到街口对面的公交站牌下等梅梅。

可是等来的不只有梅梅，还有春武。春武穿着一袭雪白的洋装，手捧玫瑰，拿着戒指，从车上跳下来，一脸灿烂夸张的笑。

“你个混蛋。”小歌的拳头雨点般落进春武的怀里，眼里全是泪……

“不要你再等了，就是回来娶你呀。就算不娶你，总要还你钱的吧……”春武不知怎么变得这么会开玩笑了，还这么“狠毒”。春武说，这是梅梅的主意，说要玩点浪漫。“浪漫你个头呀！”小歌虽然眼角泪痕未干，但好像都是闪着幸福的光芒了。

关于，那个汇款单的秘密，是小歌的爸爸一次来学校送东西被春武发现的，春武本想偷偷地看看小歌的爸爸是不是个很凶的人，但却听到了他喊小歌“瑶瑶”，那是小歌的小名。

小歌说：“那这钱可是有利息的，你得还一辈子……”

春武哈哈大笑：“我从了！”

梅梅在一旁帮腔：“你若胆敢不从，我必整你全家，哈哈哈……”

街上人潮汹涌，与此刻的你我无关，我心里独独装了一个你，你心里也必定只剩下独独的一个我。风儿调皮地溜过树尖，阳光铺满城市，万物生长正盛，都是幸福的味道……

心怀梦想，
总有一天你会得到上天的奖赏

1

那年高考，因为不用功，我只考到市区一所三流的专科学校，老刘也是。

入学的那天，我因为贪玩最后一个赶到学校报到，提着行李找到分给我的那间宿舍，只剩下一个靠窗的上铺，而下铺躺着玩手机的老刘。

我一看老刘瘦得像个幺鸡的小身板儿，暗生一计，我说："喂，同学，商量个事呗，我睡下铺，你睡上铺。"

老刘停下手机中的斗地主游戏，抬眼愣愣地看着我，没作一字回答，但表情分外明朗，好像写着三个字"凭什么"。

我呵呵笑了两声说道："兄弟，你看你身材这么苗条，一定身轻如燕，轻功也一定不差。你再看看我，一百八十斤，你懂的吧？我怕到时候我一翻身，压折了铺板砸到你，那可是要出大事的。”

老刘看了看我魁梧的身躯，终于露出胆怯、妥协的表情，然后慢慢起身，一样一样收拾着自己的铺盖。“慢慢地”当然是因为不情愿，或者感觉是受了欺负。但也没办法，是真害怕有朝一日我从上面砸下来，那可真不是闹着玩的。

老刘家在农村，来上这所学校，估计他的成绩也好不到哪儿去，后来事实告诉我：果然如此。不过老刘不是因为不用功，老刘是因为“笨”，其实说这个字对人有些不尊重，老刘的笨，用他的话来说，只是因为从初中开始，他的数理化就从来没及格过。好在，考到这所学校来，终于不用再学数理化了。

我和老刘曾一度庆幸，终于不再被那些难懂的公式与符号折磨，也不用被用心良苦的老师“虐待”了。

但是那些艰涩无趣的专业书，还是让我和老刘感到头疼，偶尔也挂科。老刘比我更惨，补考补得“想死”，甚至一度想过“干脆不念了，退学”。我和老刘在街边的一家小饭馆里喝着3.5元一瓶的二锅头，一声声不停地骂着。但骂够了，我最后还是劝了老刘一句：“忍忍，坚持下去吧？好歹也要对得起爹妈给咱出的那几万元钱的学费吧。再说了，咱也不能傻到来这破学校里只为混张文凭吧？”

老刘喝得有些迷糊了，抬起眼愣愣地看着我问：“那还有什么可搞？”

我取笑老刘“蠢”，罚他再喝一杯酒，喝了就告诉他。

老刘急着想要答案没含糊，一抬手、一仰脖，一杯酒瞬间下了肚，然后倒反过不剩一滴酒的酒杯问我要答案。

我说：“老刘呀，你真是蠢，你智商不高怎么情商也这么低呢？你来上学，你老娘没交待你：学好学赖反正没人再逼你了，上三年学，怎么也得领回家来一个姑娘吗？”

老刘恍然大悟，然而又瞬间沉默，握着酒杯醉眼朦胧地发呆：“我这样的，会有人跟我搞对象么？”

我信誓旦旦地鼓励老刘说：“一切皆有可能，烈女怕缠郎，你小子只要肯下功夫绝对是能实现的。”

看着老刘还是一脸的不自信，我又使出狠招儿，将了老刘一军，我说：“老刘，你要是真蠢到连一个姑娘也追不到手，那你还算是个男人么？”

正是这句话，把老刘说急了，也彻底激发起了老刘的斗志，老刘一拍桌子：“我怎么不是男人了？你少门缝里看人，我还就不信了……"

看着老刘拍在桌子上的那条比大葱粗不了多少的小细胳膊，我暗自高兴，连忙恭维："男人呀，男人，咱们老刘绝对男人呀，整一个给他们瞧瞧……"

2

老刘开始物色目标，像进山打猎一样，足足踅摸了半个月，在锁定目标后决定出手。

老刘对我说："胖子，你文笔好，给兄弟写封情书呗？"我哄然大笑，我说："老刘，你土不土，傻不傻，都什么年代了还写情书，你是出土文物吗？还是兵马俑？这年头儿哪还有写情书的呀？你就直接去约，比如一起吃个饭，然后再逛逛小商店买个小礼物这么一送，这事情不就结了吗？"

老刘似懂非懂地看着我，一脸的不相信。我开着玩笑嘻嘻哈哈地跟老刘说："信胖哥，得永生。"

老刘怒了："你玩儿我，不帮忙也就算了，还拿人寻开心。"伸手上来就要掐我脖子，我连连讨饶："好、好、好，你说写就写，管用不管用，那我可就不管了。"

老刘喜欢的是本班一个并不怎么起眼的女生，不算漂亮但也不丑，文静秀气、小巧玲珑，跟老刘是同一个版本：瘦。

我觉得老刘还是比较实际和靠谱的，选择了一个各方面都相当的目标对象。我也为老刘极尽用心地写了一封“情书”。老刘拿过去一看十分动容，口中念念有词：“胖哥儿，还是你牛，我要是个姑娘，我一准儿就嫁给你了。”

我接着逗他：“别，千万别，哥不待见瘦子，哥喜欢胖子……”

老刘，揣好那封情书意得志满地出发了。

3

但他怎么也没想到结局会那么惨，惨得连我也难以相信。

那个看似小巧玲珑、文静秀气，一向不显山不露水的姑娘，像拍一只苍蝇一样，将老刘一拍致命。

其实，老刘也是做了“功课”的，他是跟踪了那姑娘好长时间，才在自以为恰当的时机将那封情书郑重地呈给他的“女神”的。但在那条绿树成荫回女生宿舍的小路上，那个女生连接都没接那封“情书”，直接怼了老刘一句：“你脑子有病吧？

赶紧滚，不滚，我报警了呀。”毫无思想准备的老刘被吓得屁滚尿流，狼狈逃窜。

老刘一脸哭丧相在宿舍里跟我开“总结经验教训”会，然后就是各种委屈、各种不理解、各种不相信。当然我的判断是：那个女生能这么决绝，应该是打心眼儿里压根儿就没看上老刘。

老刘遭受了这一次的沉重打击，一度沉默并且自卑。那段日子，老刘学会了抽烟。我不知道让他染上这样的恶习是不是我的罪过，我曾一度为这事后悔过。因为他抽的第一颗烟是我从下铺递给他的，那时我是真的不知道还有什么更好的办法来安慰或使他得到解脱。因为后来他抽烟抽得极凶，一个二十周岁还不到的“少年”，一天就能抽两包烟，是很恐怖的一件事。

大二的下学期，不知怎么的老刘鬼使神差地迷上了写毛笔字，我猜也许是因为孤独。老刘练字练得极其认真而辛苦，自习课几乎全用来练字，课外活动时间也很少出去玩

我说：“老刘，你这是要当书法家吗？”

老刘冲我“嘻嘻”一笑，没给我一字回答。我不安地担心，老刘可能脑子出毛病了。

那段日子，教室里老刘每天都是最早一个来，最晚一个离开，宿舍里最后一个爬上床铺，然后第二天又早早地起来去小教室练字。到食堂打饭也都是别人都打完了，他才急匆匆地跑去打一些残羹冷炙回来。

老刘练字练得如同着了魔一般。

因为练字占用了老刘太多的时间，补考的科目也越来越多。但他还是那么执着地坚持着，就像不到黄河不死心的“傻根”。可是他的字还说不上好看，离“书法”这个词还太遥远。也许在这方面，他真的没有那么好的天赋。

我不忍心打击老刘，他已经失去了一个梦想了，而现在成为书法家就算是个幻想，那也不错，最起码可以叫他忙得忘记遭受打击的伤痛。

但是后来，我才知道事情的真相并非如此。

4

有一次，老刘在学校的一个学生的书画展上闲逛，看到了某个“青年书法家”的面目后，自己竟然信心大增，因为那个家伙的长相实在是称不上帅，可他却有一个特别漂亮的女朋友。

老刘顿时醍醐灌顶，看来，长相对一个男人来说好像并没那么重要，重要的是你得有一样让人绝对佩服的本领。

于是，老刘才决定练字，也要成为一个书法家。

老刘在我们的担心中，字，苦练了一年，不能说毫无长进，但离“书法”二字尚远。但令老刘高兴的是学校的书画社，同意让他加入了。

老刘在书画社还认识了一个姑娘（后来才知道这姑娘名叫李春），也仅仅限于认识。姑娘不练书法，姑娘是画画的，花鸟虫鱼，仕女牡丹的工笔画，画得也蛮像，但总是觉得哪里不对，像是缺了什么灵气。跟老刘的字一样。

但老刘说，他喜欢她，打心眼里喜欢。这次，他想从长计议，不再贸然前进。然而我替老刘担心，“老刘呀，离毕业已经不到一年时间了，你这个从长打算从长到什么时候呢……”

老刘说，他自己也说不准。

但老刘真的是很认真的，每天帮那个女生打饭、研墨、洗画具，骑着一辆二八自行车去批发市场，给女生买质量上乘、价格公道的笔墨纸砚、画具颜料，诸如种种，反正是极其用心。

我偶尔问问老刘：“进展咋样了？牵手了吗？抱抱了吗？亲亲了吗……”老刘骂我龌龊，老刘说，他们在一起就是谈艺术。

我坏笑着说：“你们真艺术。”

而事情的真相是：那个女生对老刘一直不冷不热，只能算是志同道合吧，称不上恋人。

5

我劝老刘抓紧，老刘依然按兵不动。我甚至想，老刘可能留下了“表白遭拒后遗症”，一朝被蛇咬，十年怕井蝇。

转眼到了大三下学期，我们各自奔忙，总要为将来的落脚处作些打算。而老刘，还在书画社，守着她的姑娘。

临近毕业，老刘请了一次客，花钱不多，但气氛隆重，老刘在市区一家房地产商赞助的书画比赛中拿了个“三等奖”，这成了他这三年中唯一的骄傲，老刘很是高兴了一段时间，他一直把那个小小的红皮证书压在枕头下面，每晚睡觉前都要拿出来看一眼。虽然，这个书画比赛规格实在不高，甚至可以说，就是一场商业宣传，与规格无关。但老刘还是分外珍惜，因为来之不易。

我说：“老刘，不如把李春叫来吧，正好借这个机会表白，你不敢说，我替你说，我就在一旁替你吹火，我就说‘老刘喜欢你这么久了，看他一片真心，不如从了他吧。’”

老刘说：“不能。”

我说：“哎，你脑子有毛病呀？这不给你创造机会吗？”

老刘黯然神伤地说：“小春，这次也参加了比赛，没有拿到名次，我这样请她，不合适。”

我顿时惊讶，原来老刘情商一点也不低，而低的也许只是他那一份不谙机诈的淳朴。还有那一句“小春”叫得也真是万般疼爱了，看来他真是把这个姑娘放进了心里。

转眼毕业到来，我们都狂欢大醉，然后各奔东西。但毕业狂欢，独独老刘没喝酒，老刘以茶代酒跟我们一个个客气相敬，说着告别、祝福，包括当年对他冷脸拒绝，骂他有病的那个女生。敬过一圈，然后匆匆走了。

没人跟老刘闹，也没人上前拉扯老刘不依不饶。因为这两年半，老刘练字练得超凡脱俗，跟我们这般凡人早搭不到一块儿去了，他就像一只无声的影子。

6

一晃六年过去，当初的一帮同学都各自忙碌苟且，恋爱结婚，生儿育女，挣钱养家。唯独老刘还没有动静，因为他没打电话通知我们随份子，我们也还没喝到他的喜酒。

直到这天周六，我正在单位值班，手机突然响了，是一串陌生的号码。因为显示本地，所以接了。“老兄，忙什么呢？”

“老兄，滚你个老兄。你小子别给我整个文词儿行不，叫胖哥儿。”我一耳就能听出这是老刘的声音。老刘在电话里坏笑：“胖哥儿，幸你当年对我的不弃、提点，兄弟如今也终于功成名就了，来兄弟这里喝酒吧……”

我去了，老刘的功成名就的内容是这样的：功成，是因为他和李春终于结婚了；名就，不是他成了什么大腕书法家，而是在市区开了一家属于自己的艺术培训学校，不光有书法，有绘画，还有拉丁舞，架子鼓，跆拳道什么的，反正项目挺全乎。

我们跟老刘喝了大场面的婚宴酒。到临走，老刘又悄悄扯住我，开了一个包间，要了两个小菜，要跟我再喝两杯，老刘说：“三块五的二锅头，买不着了，咱对付喝点啤的吧……”

我不知道，老刘说了这句话，为什么会泪水涟涟，反正他当真是红了眼圈，掉了眼泪。

我转移话题：“祝贺你心想事成，终于娶了自己心爱的姑娘，那胖哥儿电台能采访一下刘先生么，怎么表白的呀，有没有说‘我爱你’什么的呀？”我拿着啤酒瓶子当话筒，玩笑着把瓶口杵到老刘嘴边，老刘晃脸躲闪，老刘说，他当真没说那句“我爱你”。毕业后，反正他就是，李春到哪里，他就到哪里，做过很多种工作，卖过保险，开过出租，给辅导班上过课，给电器商打过工，还送过一段时间的快递，到最后开了这家属于自己的培训学校，也算有了自己的事业。老刘说：“我就是这样一路陪着小春呀，她到哪里，我到哪里，我就是要用我无时无刻的存在，让她懂得，我喜欢，我在意，我坚持。并且让她相信，无论什么风雨挫折，坎坷险途，都有我在，一切都不是问题……”

喝了酒的老刘一字一句，说得分外郑重而深情，我说：“老刘，怪不得你成不了书法家，原来你是个诗人呀。”

老刘哈哈大笑。

也许最深情的浪漫，从来都不是那句“我爱你”，而是：我在乎你，便不离你的左右。

多年以后的现在，老刘依然没有成为书法家，李春也没有成为画家，但他们的培训学校办得有声有色，红红火火。老刘说，他要来我的小城开办分校，托我为他物色办校地点。

我和老刘又在一起了。我们两家偶尔聚餐，彼此熟知。老刘家，李春管钱，老刘管事，一双儿女，万般圆满。

“一路快递”的爱情

1

那年的夏天，你从那个开满一树树粉红榕花的街口经过，像一阵风步履匆匆，匆匆到我都来不及把你清晰地装进记忆。有时候，世界很大，大到我们不知道哪里才有一个合适、温暖的位置为我们留着；有时候，世界又很小，小到我一回转身，竟然还能与你有一次擦肩而过的相遇。

2010 年八月的夏天实在是个难熬的季节，米小莱站在榕花街“红云超市”前，用一张酸奶的广告纸不停地呼扇着冒着大滴汗珠的脸。这红云超市起名叫超市，可实际上不过是一个稍大一点的便利店而已。两个月前，米小莱从市区一个专科学校毕业，可是她实在还没想好自己到底可以去做一个什么样的，不管自己喜欢与否、最起码可以勉强给自己一口饭吃的工作。

并且这种事向来都是不用她操心的。从小到大，她几乎所有的事都是由爸爸妈妈一手包揽，叫她做什么，她便做什么，她是个习惯了叫她往哪里走，她就往哪里走的听话孩子。

这次毕业，当然也一样，爸爸答应她一定会为她找一个可以收留她的地方，只需她在家里安静地等着。米小莱还是像从前一样“嗯嗯啊啊”地答应着，但三天后，她决定来这家小超市，给店里的阿姨帮一段时间的忙。她的理由是“我老在家里闲着有点闷得慌，不如我也出去锻炼一下，好长长社会阅历”。爸爸妈妈听她说这话的时候，几乎同时惊诧得瞪大了眼睛，仿佛面前这个孩子不是他们的一样，怎么突然地就一下子长大了。而事实的真相是：就在三天前，米小莱无意间从妈妈的电话里听到黄阿姨的父母最近好像得了比较严重的病，需要她经常到医院里去照顾，而自己小超市里雇的那个姑娘又不怎么称心，所以这才自告奋勇地说不如自己去替黄阿姨照看一段时间的店。

小超市的老板黄阿姨是米小莱妈妈当年厂子里的一个同事，妈妈和黄阿姨关系处得亲近，形如姐妹，黄阿姨也有一个像米小莱一般大的女儿，不过两年前出国了。米小莱的妈妈以前总是以黄阿姨家的女儿为榜样来教育米小莱：应该如何好学上进，应该如何做一个不平凡的姑娘等等。可是不管米小莱怎样努力，都无法达到黄阿姨家女儿被许多人羡慕的那个高度。

2

来这个城乡结合部的小超市十几天后，米小莱几乎天天都能看见一个“怪家伙”，他流着一头染黄的长发，背着一把电吉他，来店里只买三样东西：方便面，啤酒，香烟。一天如此，并不奇怪，奇怪的是几乎天天如此，这就让米小莱感觉有点恐怖了，并且担心这个家伙不会每天都靠吃这个活着吧……

这天傍晚，正当米小莱低头整理收款机里的零钱时，突然一把明晃晃的刀子就架到了她面前，她“啊”地一声、猛地抬头，看见一个戴着长舌帽、大墨镜的中等个头的男人冲她虎了虎脸压着声音叫道：“别出声，也别动，刀子可是不长眼的。”接下来的结果就是米小莱不得不瞪着惊恐万分的眼睛，眼睁睁地看着那个人把收款机里所有的钱都装进了一个黑色的塑料袋子，那是小店一天的流水收入，大概有三千元。慌张无措的米小莱下意识地伸手抓住那只袋子，不像是阻拦，倒像是乞求男子能给留下一点儿来，但那个家伙立马目露凶光，并且恶狠狠地用冰凉的刀子在米小莱的脸上蹭了蹭，米小莱便一下子面如土灰，浑身战栗起来……

那人随后收起刀子，顺手在柜台的附近处拿一些口香糖往衣兜里装。正在这时，那个头发蓬乱得像个鸡窝的“怪家伙”一脚踏进门来，看样子一准儿又是刚刚睡醒，他向来过着白天睡觉、晚上出去“卖艺”的这种黑白颠倒的日子。只见他还是像往常一样打着哈欠走向右边的货架，随手拿下两包方便面、一根火腿肠、外加一瓶啤酒，然后把一张皱巴巴的十元钱扔到柜台上，转身就往外走，他似乎并没有发现店里有什么异样。而那个抢劫的家伙却吓得浑身有些紧张，但立马又装作无事人一样往外走。

就在此刻，只见那个“鸡窝头”像一道闪电以迅雷不及掩耳之速，用手里那瓶啤酒把那个抢劫的家伙的头给开了花，并且跳过去迅速把那个家伙重重地压在了身下，然后死死地反扳住了那家伙的双手，同时大声地嚷道：“快去拿绳子来。”

惊恐万分的米小莱此时只听得清这声命令，忙不迭地转身从柜台旁边抽出几条小孩子玩的跳绳扔了过去……

当附近派出所的警车骄傲地鸣叫着把那个家伙押上车时，他倒像是没事人似的又走到货架旁，重新拿了一瓶啤酒说：“刚才那一瓶算你的。”转身便出了店门，让本来已经想好了的一肚子千恩万谢的话全卡在了米小莱的喉咙里。

3

后来，“鸡窝头”说那天他刚好和那个抢劫的家伙前后脚，早早发现他神色诡异，但又怕声张伤害了店里的米小莱，所以才使了这出奇不意的一招儿将歹徒制服，又没让米小莱受丝毫伤害。米小莱惊讶这个平时看起来马马虎虎，吊儿郎当的家伙，竟然思维缜密，身手不凡。

“鸡窝头”是一个痴迷得近乎癫狂的摇滚乐手，两年前从大学毅然地退学，来到这个北漂扎堆儿的地方，为了自己所谓的热血追求。只是两年了，他似乎还是当初来的那个样子，并没有成为什么明星，哪怕只是某一个为了纯娱乐的选秀节目也没上过。对于理想和追求米小莱一直从未懂过，因为她一直活在爸爸、妈妈为她圈定或期望的某些阶段性的目标里，她也不懂什么艺术，但她懂得现实往往比想像的要残酷得多。米小莱甚至认为，其实平庸一点也没什么不好，最起码可以安稳踏实，没办法，自己就是这么一个安于平庸、没思想、没追求的人。

但米小莱却不知怎么了就是奇怪的期望“鸡窝头”能有一天成功，或许是她看着他活得“太惨了吧”。

那天下午下着雨，店里也没什么生意，米小莱正用手机与同学们聊天，“鸡窝头”就突然地跌跌撞撞地晃了进来，满嘴的酒气，却还要米小莱为他拿两瓶啤酒。

“不要再喝了吧，你看你都喝成这样了。”米小莱说。而“鸡窝头”却喷着浓浓的酒气，一脸恶狠狠的样子，大声地说：“叫你拿，你就拿，废什么话，我又不欠你酒钱。”说着就把一张揉得皱巴巴的五十元钱拍在桌子上。米小莱正想骂他两句，没想到那个家伙一下子就轰然倒地了。

米小莱费了好大的力气才把他拖到了小店里那张临时休息的折叠床上，然后气喘吁吁地守着这个醉到了不知什么世界里的家伙……

两个小时后“鸡窝头”醒了，应该是酒渴的缘故，因为他只是在不停地嚷着要喝水。米小莱顺手从货架上拿过一瓶矿泉水，拧开瓶盖递到他手里。他咕咕咚咚地灌了大半瓶，然后就捏着水瓶骂了起来：“说什么一起追求梦想，都是一堆屁话，都是不能坚持的怂蛋，为一点儿钱就都走了，丢下我成了光杆司令……”

原来和“鸡窝头”搭伙组乐队的人都离他而去了，今天吃了散伙饭。

“鸡窝头”有些无助地抬眼问米小莱：“你说，这世界上到底有没有奇迹可以发生，只要我们无畏无惧、不怨不悔地坚持下去……”

这话把米小莱问得有点懵，她还从没被问过这么深刻的问题。他看着这个可怜的家伙，想他心里一定很痛苦也很绝望，像在黑夜里看不见光。米小莱被那绝望无助的眼神“烫”得有些心软，不知道该怎么回答才能暂时缓解他的痛，索性就说了一句模棱两可的话：“应该可以的吧。”

4

再见到“鸡窝头”的时候是一个星期后。只是“鸡窝头”已经不是鸡窝头了，他理了小平头，穿着一身工装，骑了一辆电动三轮车，他成了一个快递公司的快递员。那天，他骑着电动三轮车载着大包小包地从小超市的门前经过，向米小莱有些别扭地微笑着打招呼，米小莱一时还没认出他来。他停下车说了句：“以后有什么货，告诉我，我可以免费为你送。”

米小莱有些将信将疑、吞吞吐吐地问："那你的音乐……"

"去他的吧，我看还是先把我这肚皮喂老实了才是正事……"他一脸不屑地说着。

从那天起，他不再叫"鸡窝头"，他叫陆凡。

米小莱觉得这也不错，因为自从陆凡告别了那种黑白颠倒的日子，似乎变得比以前阳光了许多，有时候还跟她开个玩笑。

10月6日这天，陆凡把电动三轮车停到了小超市前，拿了一个包裹走进门来，说："米小莱，有你一个快递，请签收一下吧。"

"啊！"米小莱瞪着像灯泡一样的眼睛惊讶道："我的，我没……"

"行了，叫你签你就签吧。你看地址和名字，包括电话号码都没有错，不是你是谁。"陆凡一边坚定地说，一边把笔递到米小莱手里。米小莱晕乎乎、傻愣愣地签了字，陆凡跨上电动三轮车向前开去……

只是没两步，突然回过头来做了个夸张的表情并大声说道："米小莱，提前祝你生日快乐！"

米小莱这才如梦初醒，恍然大悟。心想坏了，难道这家伙要追我？

打开那个包裹，里面是一只雪白的 Teddy Bear（毛绒泰迪熊），万分可爱。有些慌乱的米小莱一下子觉得自己和这只小熊很像、很像……

5

经过几番折腾，米小莱爸爸终于在联通公司营业厅给米小莱找了一份工作，通知米小莱去面试。米小莱跟黄阿姨告别，黄阿姨正好也找到了合适的店员。

陆凡领到第一份工资的那天，骑着电动三轮车来到米小莱工作的营业所，一脸不容拒绝而盛情地说请米小莱吃饭，感谢那天喝醉酒她对他的照顾。

那天，陆凡又想多喝酒，在他打开第三瓶的时候米小莱制止了他。喝酒回来的路上，陆凡骑着电动三轮车大声地边走边唱："……青春如同奔流的江河，一去不回来不及道别，只剩下麻木的我没有了当年的热血……"到最后，竟然唱到一脸的泪水。

米小莱安慰说："其实，我觉得你还是应该去唱歌……"

陆凡一脸的忧郁，沉默了半晌，没有回答。

其实，陆凡一直没放下唱歌。这是三个月后米小莱在市区一个直播的选秀节目上发现的。

陆凡穿着一身快递员的工装，把歌唱得热血沸腾……

陆凡成功晋级，去省里继续比赛，米小莱为他高兴。

临走的那天晚上，米小莱说："这下你不用送快递了吧？眼看着你这就要唱红了。"

陆凡说道："这才哪儿到哪儿呀，你别这么天真，我还是一个"草根"，还会继续送快递的。我不是歌星，顶破天，我就是一个'快递哥歌手'……"说着哈哈大笑起来。

米小莱的父母终究还是发现了米小莱跟一个快递哥在交往，如临大敌似的一阵慌张，并严峻地对米小莱进行"三堂会审"，苦口婆心，动之以情，晓之以理，最后两个字判决：分手。

米小莱委屈地狡辩，说陆凡不是一个普通的快递员，是一个有梦想的快递员，说陆凡是一个摇滚歌手，也必将会成为一个优秀的摇滚歌手。

母亲一下子黑下脸来说："玩儿音乐的，那更不靠谱儿了。"于是判决又加了两个字：必须分手。

6

一向听话安分的米小莱撅起嘴，第一次以沉默来对抗父母。

但父母却不管她那么多，并且还轮流对米小莱严防死守起来，而且还像上小学时那样，天天接送米小莱上下班，搞得米小莱哭笑不得。陆凡来找过几次米小莱，但都被其父母进行了严重地警告。

与此同时，父母又为米小莱安排了新的节目——相亲。

相亲的对象，有公务员，有银行职员，有学校老师，反正都是家境优越、有固定工作，并且看着一脸忠厚的人。

米小莱不讨厌他们，但米小莱对他们都不来电。米小莱应付他们使用了很俗套的伎俩“你有房吗？你有车吗？是全款还是首付？你房子多少平方米？你车子是什么牌子的？多大排量？你身上穿的这件名牌是高仿的吧……”米小莱把自己伪装成一个十分物质、利欲直接，并且还有些二的女孩儿，把相亲对像搞得很难堪。其中还有一个，各种物质条件都非常达标，但最后米小莱问人家：“那你有梦想吗？”把人家问得瞪着一对牛眼珠子看着她，怀疑她脑瓜子是不是有毛病。

陆凡去省里比赛，没拿到好的名次，所以没有成功晋级。

但陆凡还是如实向米小莱汇报，有遗憾的口气，但却没有像从前那样绝望自弃的表情。说这只不过是人生若干次机会中的一次，也不代表什么，人生的路还那么长，自己还那么年轻……

米小莱听着这话，突然感动得想哭。陆凡好像一下子长大了许多，长大得像个魁伟坚挺的男人。当然，本来陆凡也高大帅气，一脸阳光。

陆凡还送他的快递，严寒酷暑，风雪无阻，勤劳坚定，坚持练歌、写歌，依旧心怀梦想。

岁尾，陆凡成了那家快递公司一个辖区站点的加盟老板，手下有六个员工。

一切越来越好。

7

米小莱见到陆凡爸爸的那一天，惊讶得下巴都快掉下来了，陆凡的爸爸开着一辆高级轿车。

那天，是米小莱休班，去陆凡的站点给陆凡帮忙收件。陆凡的爸爸进到快递站点，一脸严肃的表情，开口第一句话就是："你说你整天这么瞎折腾，什么时候是个头儿，这次你必须跟我回去，到我公司里去干个正经的差事……”

“什么叫必须呀，我又不是小孩子，再说，那是你的公司，又不是我的公司。我自己有自己的打算，不用劳您大驾为我操这份闲心……”陆凡一脸冷漠地对答。

这让在一旁惊慌未定的米小莱尴尬而又疑惑，猜不出陆凡和他的爸爸之间到底有什么伤心的矛盾。

陆凡到底还是没答应跟他爸爸一起回去，老爷子气得在狭小的屋子里一圈圈不停地转圈。

米小莱的妈妈在这个时候刚好从外面进来，被这眼前的这一幕也给整懵了，她原本是盯米小莱梢儿来的，结果撞见这一幕，倒吃惊地不知道该怎么应对。

陆凡的爸爸终于气不过，扔下一句“我不管你，迟早有你来找我的那一天”的狠话，开着高级轿车绝尘而去。

那天，米小莱的妈妈头一次对陆凡笑，很尴尬的那种苦笑。米小莱知道妈妈心里想的是什么意思，但她不怪妈妈的世俗，天下的父母多半是这样的吧，有哪个父母不想让自己的女儿嫁得好一点呢。

妈妈说：“小莱，你记着早点回家。”而不是像从前：“你跟我回家。”

后来，陆凡说他妈妈去世多年，爸爸又再婚了，从那以后，他就觉得那个家不是他的家了，爸爸也不是他的爸爸了。陆凡说这些的时候，像是个孤独的孩子。

回到家，妈妈追问米小莱陆凡的爸爸到底什么来头，米小莱一脸的无辜，说自己不知道，是真不知道，妈妈却不相信。

但妈妈说得空了叫陆凡来家里吃顿饭，米小莱哭笑不得。

陆凡说不管将来如何，自己都要好好努力，做不成歌手，但会努力做成一个老板，开一家属于自己的快递公司。雄心壮志一番后，跟米小莱开玩笑说："当然最重要的还是让你当上老板娘。"

米小莱玩笑着打趣："还没有老板，哪里来的老板娘？"

陆凡就说做不成老板，那就为米小莱送一辈子免费的快递。米小莱不知道，陆凡的告白算不算天下最奇葩的表白，但心里装进了满满地温暖与幸福。

她相信，他能做到。

生若夏花，各自流年

1

冬天的日子渐渐近了，我试图裹着关于你的那些记忆取暖，但又一次翻乱了那本叫作爱情的书。

我就像那一棵一生都站在路边的树，一直在遇见你的地方固守岁月的清凉，细数不断生长也不断苍老的年轮。

而你，其实早已远走他乡。

如今，十秋已过，时光苍老，红尘遥远，你我也早已在两个世界站成彼此不再熟悉的风景，不相见、无相爱，看春花、数落叶，都不过是平凡日子。

这世间有那么多的相遇，也有那么多的分离；有些因为爱，有些因为恨，而你我只是因为各自远行。

我遇见你时，你 17 岁，我也 17 岁，在小城的那所高中，那年高二。我是从市区一所二类高中转来的，因为父母离婚，父亲带我回了小城。

一开始来到学校，大家不知我的底细，但一考试，我便原形毕露，被贴上“差等生”的标签。我不快乐，因为在这个陌生的环境里我没有朋友，何况我又一向沉默寡言，所以时常孤独，并且脆弱。

而你是一个优等生，是老师经常拿来教育我们的榜样，也成了被众多同学羡慕的对象。而那么不起眼、那么孤独的我，在这羡慕之外，竟偷偷多了一份对你的喜欢。

虽然我知道这是自不量力。也在多年以后知道那叫作暗恋，当然也只是暗恋。

我下定决心好好努力，把功课学到最好，天真地幻想着将来能有一个和你一起的未来。但结果却总是徒劳。

我所能考到的最高分数实在离你差得太远，你的名次常常占据榜首，而我的名字次次都淹没于众生。

我最害怕毕业，因为毕业了，你我注定各奔东西。但是毕业不听我的话，它说来就来，说到就到。

2

可是你高考的结果让所有人遗憾，你并没有考出高人一截的分数。尽管那样，你的分数还是足够选一所大家认为更有前途的学校，但结果是你选择了省内的一所师范类本科学校。虽说也是重点，但大家难免遗憾。还有人猜测，也许那是你的理想呢，你就是想当一名老师呢。

但事实不是，多年以后，答案揭晓——高三那年，你家中遭了变故。

你的家，在乡下一个很普通的小村子里，母亲在一所乡村小学教书，父亲在外打工，哥哥也在外打工，父母用了一辈子的积蓄为哥哥在城里买了房，结了婚。年轻气盛的哥哥想挣点大钱，摆脱穷困，不知听了谁的蛊惑跟人去做了所谓的期货生意，因为手头没钱就把家里的房子抵押出去了，哥哥还向村里的亲戚们借了很多钱，说有高利息的回报。结果是骗局，一下子被骗去百余万，哥哥狼狈地四处躲债，但父母躲不了，那段日子追债的人每天堵着门口。严重的时候母亲微薄的工资也常常领不到，因为追债的人追到了学校。一个本来安静稳定的家变得有些风雨飘摇，母亲也焦虑悲伤成疾。

我的分数，只够上一个专科，在不远小城百里的市区，也是个师范类，现在升格改成了学院。后来，我续了专接本，好赖也混了一张本科文凭。

也许正是这无常的命运，让我们再一次相遇。你回到小城的高中教书，我也回到小城的高中教书，我们从同学变成了同事。我窃喜自己终和你走进了同一个世界。

你教高三，我教高一。我还是和你差了一截，但毕竟又能离你那么近，我又有了天真的幻想。

你没对象，我也没有对象。事实上，我是大学毕业后因为异地相阻，各有打算，分手了。

我是下定了决心要追你的，给自己青春时期不甘心的懵懂一个完满的答卷，尽管我知道自己有些不知天高地厚。但上天给我这么好的机会，我得好好把握。

我借着同学的名义，想尽一切办法跟你接近，然而你却不冷不热，或许也是我卑怯的不够直接，总是说不出那一句清楚的表白。又或许是彼此都太过熟悉的人，常常说不出最直接的那句话。

直到，我突然听闻有人为你介绍了对象。

3

我打听到，你的对象是县城一个民营老板的儿子，家境自不用说，人人都艳羡，小伙子也蛮精神，只是没有学历。

小伙子经常穿着一身名牌，也同样给你买一堆大大小小的名牌，开车来学校找你。人人都说这是一桩不错的婚姻，小伙子家里有钱，她家里有着万般的难处，只一结婚，一切都不是什么问题了。

而我看到的，却是你慌慌乱乱的尴尬，不冷不热的表情。直到多年以后，你告诉我，你跟他不是一路人，尽管他对你分外热情。

你们两人处了不到三个月，到了年终，人家提出结婚的要求，你却提出了分手。

你说你当初没想那么复杂，也没预料到会有那么复杂。

那男孩儿还是放你不下，对你死乞白赖的百般纠缠，甚至有些变态地逼迫。后来，人们风言那男孩儿有过精神病史。男孩儿没完没了的继续纠缠，一下子把你的生活全给搅乱了。

你告诉学校的保安，如何这个人再来找你，别放他进来。可是那人在每次学校放假的日子，都在你回家的半路上截着你，就像打劫的一样。有好几次，你都几近陷入危险。

再后来，你每次出校门都随身带着一把剪刀，我想不出那是怎样的一种悲壮与无奈。

那段日子，我想给你一份安慰，我甚至想叫人去教训那个人一顿，但因为怕出什么不测的大事，终未成行。而不久之后，你以身体吃不消的缘由决绝地辞掉了高三的课程，申请去教高一。自那以后，你成了一个“怪人”，除了上课之外，就把自己关在宿舍里不出来，厚厚的窗帘从来都没有拉开过。偶尔出来买些日用品，遇见人也都只是习惯性的简单地打个招呼，然后步履匆匆一下子又钻进你那间宿舍，好久都不见出来。好像这个世界的一切都与你无关，你也不想与这个世界相关。

而我，一头雾水的凌乱、猜测、忐忑、纠结，却不敢轻易靠近你宿舍半步，怕莽撞的打扰反倒引来不快，说到底，我是怕万一鼓足了勇气表白，再当面遭到你严厉冰冷的拒绝，而再没有开口的机会。我清醒地告诉自己：我必须等到一个万无一失的契机，而这个契机需要慢慢等待，心急总是不行的，何况你现在这么“怪”。

然而一年之后，你考取了中国人民大学中文系的研究生。离开，已成定局。

我本想借最后的分别，大着胆子，孤注一掷地向你表白心声。尽管我知道，那十有八九都是个否定的回答。

然而，你连这个机会也没有给我。你偷偷地走了，走得悄无声息。

我给你发过信息，你没回。

4

那些日子，我陷入绝望的孤独，心思全被遗憾、悔恨，还有对你的不舍、怀念占据。那些日子，我写了那么多的“情诗”，却都是同一个题目《你终于走了，不再与我的世界相关》。

我似乎也没心思在这个学校待下去了，好像我待在这里的全部意义就是因为一个你。

一年之后，我决定离开。而离开的理由，是要继续追逐你的脚步。

第一年，考研我没有考上。第二年，我又考了，依然失败。渐渐清醒的我终于认清了：以我的资质，就算再付出百倍的努力估计还会是同样一个结果。

于是，第三年，我决定尝试一个司法考试，到时候拿到律师证，就可以去北京寻一份差事，与你再度相遇。

司法考试第一年，差十九分。我不死心，因为终究是看到了点儿希望。第二年，我考过了，泪流满面。

我想，你应是读完硕士，接读博士，或者工作，或者其他。但是不管怎样，你终会在那座城市。只是当我打听到你的消息，那个其他，是我无论如何也没有猜到的——你出国了。我一下子感觉好像抛弃我的不是你，而是全世界。

后来，工作、漂泊，漂泊、工作，我也“进化”成一个大龄青年，在那座庞大的城市里忙碌，而又迷茫。

家里的父亲因为生意不顺（父亲有一个门店），酗酒成瘾，成了一个严重酒依赖的老头儿，每每喝到大醉，打来电话就是一顿骂：“你小子到底还叫不叫老子在人前活了，人家孙子、孙女都会喊爷爷，上幼儿园了，就我一个，别说孙子，连个老公公都还没当上，你找个媳妇真那么难吗？”

我只能百般理由地搪塞，什么北京生活成本高，房子即便到燕郊买首付也得要个六七十万吧。

结果第二年，父亲转让了门店，说手里有五十万，问我怎么打算。

那哪里是什么打算，分明是叫我必须有一个让他甘心的交待。我只好托辞，房子我慢慢找，找到合适的就给他打电话。

结果，房子找了半年，没有合适的。老父亲没打招呼就跑到北京我的单位兴师问罪来了。

房子买了，父亲像押送个犯人一样，和我一同交了首付，办了房子贷款。最后撂下一句狠话："等房子钥匙交了，我给你来装修，你这半年，就是给我找一个人。"

5

找人，也许好找。但找爱情，似乎太难。一切，终是因为在心里放不下那一个人。

后来，也算机缘巧合，在一次同学聚会上，从一个女同学那里听闻了你的消息——你回国了。

我发疯般地高兴。从女同学那里要到了你的联系方式，一刻也等不了地给你打电话。

你口气平常，客气问询，而绝口不提婚嫁否、有无儿女之类的家常。你只说你回国了，在一家文化交流机构做翻译，工作地点在上海。

我要到你的 QQ，也加了你的微信。但你却经常不在线。

给你小心的留言，你也是有时回，有时不回，叫我好不煎熬。

一次到上海办一个案子，我没提前跟你打招呼，而是直接到你的工作室，约你吃饭。就是不想给你推辞、拒绝的机会。

饭是吃了，酒也喝了。但到最后，我还是没有说出那三个字。因为你没给我这个机会，你一直说着那三年在国外的事，让我无从插嘴。

但是，令我高兴的是，分别多年，我们终于知道了彼此的遭遇、经历，能够相互多了一些熟识，多了一些了解。

你没结婚，但你说你不再相信爱情了。就是这句话，让我终没能说出那句早已抵达嘴边的话。

好在，从那以后，你不再对我不睬不理。我们在微信里聊天，在空间日志里看各自的心情、文章。

你说你一直对人生、理想、事业、包括爱情都充满着莫名的敬畏，所以才在漫长的岁月中，那么地努力，不敢荒废，一步步垒高人生的殿堂。而那些无法告诉别人的辛酸，那些没人知道的秘密，那些被伤害的纠缠，那些无数次惊恐凶险的刹那，那些无法告诉别人的疼痛和委屈，包括脆弱与怯懦，都无时不刻如影随形。

年深日长，到最后，时光苍老，心也苍老。不如仍然继续一个人的顽强、怒放、不卑不亢，盛开一路坚持的无惧无畏，一如夏花，就算无人喝彩，只开给自己看、开给光阴看，也是一种人生。

读到这些文字，我震颤到无语。我一直傻傻地以为，我是这个世界上那个最懂你的人。原来，那只不过是我一个人的天真。梦想不过是一根发光的羽毛，我们贪恋它的美，才拼力地攀缘，就像一只蝴蝶偶然地经过了一般。

似乎明白：万丈红尘，也许每个人都是彼此的过客，有些名字随沙埋没、随风淡忘。而有些名字只是固执地留在你心底最深的角落，在人生疲倦的风尘之中偶尔怀念。

老父亲，终于戒酒了。本应高兴，但高兴不起来，因为他的病情已不允许他再沾半滴酒精。他说：“我不难为你了，这些年，我也累了，一切你自己看着办。”我终于泪雨呜咽。

我说：“老爸，我也漂累了，我想有个家了，年底或者最晚明年中秋，我结婚。”

6

所谓爱情：有些是一见钟情，有些是一场遇见，有些是烟火平凡、朴实无华地相伴一生。而从来没有一种，是固执不放，却开不了口的守候。

但我们遇见也算人生的一种交集，好过永远平行，从未相识。尽管，那只是一场遇见。

唯有在未来没有你的日子里，努力求一份岁月静好，现世安稳。然后笑对这平凡人生，琐碎生活，流年余生，念与不念，各自为安。

2013 年，我结婚了。老父亲尽管托着病体，但在婚宴上笑得像个小伙儿，频繁地向亲朋道谢回礼，他胸前那个别得分外周正的礼花儿，闪闪发光地写着“父亲”二字。

现在，我的儿子也会喊“爸爸”了，会用油画棒认真地画出色彩极为鲜丽的画。唯一不足的是，不像多数的北漂家庭，有从老家赶来照顾的爷爷、奶奶，因为爷爷只是一张还没有给他看过的黑白照片。

而那个她，如今又在世界的哪个角落里，已再无太深的挂念。

后来的好多次同学聚会，她一次也没来过，有人偶尔提起她，说 39 岁还没结婚。再后来又听说，她又去了国外。再后来的后来，就没后来了，人们不再提她。

只是我，偶尔听到那首叫作《后来》的歌，心神会恍惚一下。

情人扣

1

大学毕业那年，林淼没找到工作，后来听同学说，省教育厅要招聘到乡村支教的特岗教师，合同为期三年，期满后去留自愿，工资待遇还不错，就去应聘去了。林淼说他本着“骑着驴找马”的想法，没想到还真给录用了。

林淼被分配到了一所乡镇初中，好在离家还不算太远，有公交车通到那里。

这天，林淼坐在9路车上，去学校报到。车快出市区的时候，上来一个年轻女孩儿，顿时一股浓烈的香水味儿钻进了林淼的鼻孔。

女孩儿涂着蓝眼影、紫唇彩，头发染得五颜六色，并且一绺儿、一绺儿地绑着，像个七彩刺猬；高个儿、长靴、超短裙。

更让人惊诧的是，女孩儿右腿上还刺了一条青蛇，吐着长长的红信子，活灵活现，让人不觉地浑身冒凉气。

见过另类的，没见过这么另类的。只是当她把一枚硬币投进箱子时，那个箱子却尖锐地叫起来。司机师傅一脸严肃地说道：“请重新投币。”女孩儿一脸不屑地“啪啪”地嚼着口香糖，左翻右翻，却没有找出一枚或一张一元钱来。女孩儿抬眼扫了一下，然后把手伸到了林淼面前：“借我一元钱。”

林淼被这突如其来的举动吓了一跳，但自己的手不知怎么竟鬼使神差地伸进了自己的裤兜，摸出一枚硬币小心地递过去。那女孩儿毫不客气，一把抓过那枚硬币“投”进了箱子。然后一屁股坐在了林淼身旁。车开动了，那女孩儿依旧“啪啪”地甩着嘴巴嚼着她的口香糖，然后把随身听的耳塞塞进耳朵里，也不理林淼，就像什么也没发生过一样。

2

车很快到站了，林淼下车，女孩儿也下车。林淼拎着包正要往路边的那所学校走，却被人从后面拽住了胳膊，回头一看，正是刚才那女孩儿。

“谢谢你。跟我走一趟，还你那一元钱。”

林淼跟着女孩儿走到对面的一家小卖部，女孩儿很快从小卖部里出来，把一枚硬币塞到林淼手里，接着又伸过另一只手来把一块口香糖放进林淼手里：“这是给你的利息。”

林淼愣神儿的工夫，女孩儿已大步流星地走进了小卖部。

乡镇初中食堂的饭对于林淼来说实在咽不下，他强吃下几口，又放下了碗筷，没办法，只好到外面去踅摸。走进学校对面的小卖部，没想到坐在柜台电脑前听着DJ舞曲的竟然是在车上跟他借了一元钱的女孩儿。

教师节快到了，区里要组织“教师节文艺汇演”，给各学校下了任务，每个学校必须出两个节目。在相对偏僻落后的乡村初中，这样的任务当然就落在了年轻一点的教师身上，尤其像林淼这样的特岗教师。林淼自己承担了一个独唱节目，但校长既官僚又客气地说：“你们这些在大城市里上过大学见过世面的人总比我们这穷乡僻壤的土老帽强，不能光独唱，你再编个舞蹈就齐了。”独唱、玩乐器，林淼还行，可这舞蹈他却不在行，但校长已经说出来了，又不好再推托，只好凭着上学那会儿见过的，编了一个简单的街舞。

排练的时候，附近的不少老乡也来看热闹，小卖部的女孩儿也来了，坐在学校活动室的最前排。

林淼坐在椅子上抱着吉他唱那首《栀子花开》，这是当初他在大学校园里唱给女朋友的，而现在伊人已不知何处去。林淼唱得深情而投入，台下的女孩儿听得分外的安静，琴声停止时，不知怎么竟有泪挂在女孩儿的眼角。

可是当林淼排练那个舞蹈时，女孩儿竟哈哈大笑得前仰后合，捂着肚子说："这哪是街舞，分明像耍猴儿……"把林淼羞得脸通红。

渐渐地林淼听说了一些关于女孩儿的一些事，她父母离异，父亲是酒鬼兼赌鬼，根本不管她；初中的时候和同学打架；职高上到一半就被退学，原因是在学校的操场上和男生亲吻被当场抓住，她不但不承认错误，还恼羞成怒地骂了学生处的女老师。

再排练的时候，没来那么多人，只来了女孩儿一个人，并且手里还拿着一朵白色小花，很像栀子花。林淼这才回想起来，在小卖部门前有一棵栀子树。女孩儿还是那么安静地听林淼唱那首《栀子花开》，安静得像个孩子。

等到再排那个街舞时，女孩儿竟跳上台来说："不如我给你点建议。"她打开自带的音乐，帮林淼排了一下，竟让林淼大吃一惊，果然不同凡响，没想到女孩儿竟有这么好的舞蹈天赋。林淼同意了女孩儿的意见，并真诚地邀请她来排练这个节目。那天他知道了女孩儿的名子，竟然就叫“栀子”，很诗意。

区里汇演那天，学校的两个节目，一个获了一等奖，一个获了二等奖，而一等奖是栀子帮忙排练的那个街舞。校长高兴得不行，要请林淼和学生们在城里的大饭店吃饭。林淼说那个舞蹈是栀子帮忙排练的。正说着，栀子打电话来说节目获了奖她很高兴，但回头林淼得请她吃饭。

林淼对校长说想叫栀子一起来吃饭。校长皱了一下眉头，但还是答应了。林淼打电话过去，不一会儿栀子就来了。不过让人惊讶的是，今天的栀子好像完全换了一个人，一点也不另类，头发拉直也染黑了，脸上只化了淡妆，穿着也端庄得体，很淑女。没想到，一直那么另类的栀子竟还隐藏着这么“清水出芙蓉”的一面。

3

那以后，栀子常来学校找林淼，为他送来一箱又一箱康师傅方便面还有火腿肠，要林淼抱着吉他一首一首地弹那些甜蜜，亦或伤感的校园民谣，还要林淼教她弹吉他。

学校里开始有些风言风语。

林淼很苦恼也很矛盾，每次栀子欢欢喜喜地来，认真的样子，他真的不想泼她冷水，关键是现在的栀子和以前不一样了，现在的栀子留着长长的黑发、穿着白色长裙、不画眼影、不涂口红，现在的栀子清纯无暇，干净阳光。不管她以前经历过什么，至少现在的她是可爱的。他怕他冷冰冰地拒绝会伤到她的心，又回到从前的样子。

但是人言可畏，林淼还是不自觉地表露出冷淡来。

那天，栀子来学完吉他后，要为林淼做番茄鸡蛋面，林淼说不用，他自己可以做。这般明显而冷漠地拒绝，栀子的眼圈就有些红，场面尴尬而沉默。

林淼开始自己拾掇着做饭，也不理栀子。栀子却一下子从后面紧紧地抱住了林淼的腰，把头贴在林淼的后背上。林淼挣脱着，但栀子紧紧地抱着，就是不肯松手。

“栀子，别这样，这样不好。”

“不，我偏不。这样有什么不好，我不怕，我喜欢你。”

林淼有些惊慌失措，但又没有办法，她清楚地知道现在栀子的心里燃着一团火。说实话，他在心里是有一点喜欢栀子的，但那并不代表他可以许她一生，毕竟他们不是一个层次的人。

栀子终于肯松手了，林淼转过身来双手抚着栀子的胳膊很认真地说道：“栀子，你是个好女孩。但我们不合适，况且我只是暂时在这里，不知什么时候就会离开。”

“那我不管，你以后走到哪里，我都会跟着你。”栀子倔强地说。让林淼无言以对。

“我不怕，我会耐心地等，直到你开口答应的那一天。”栀子说着，踮起脚尖儿凑近林淼的脸，一个深情的吻落下如烟花一样盛开。这是个让人无法抗拒的女孩子。

林淼回家说了他和栀子的事，被父母骂了个狗血喷头，他垂头丧气地回到学校。

栀子却撒娇地偎进他的怀里，像只温顺的小猫。“淼，你不知道你走的这几天，我有多想你，一时一刻都不能停。你想我吗？你说你想我，你说一句吧，我想让你说给我听……”

林淼却说不出一句话。父母的严厉和决绝仍在耳畔回旋萦绕……

栀子觉察出了什么，一把撩起裙子：“你看，我身上的刺青现在没有了。”

还是那条腿，然而现在它不再扎眼，而是像玉一样光洁。

栀子开始一层层地往下脱自己的衣服，林淼吓得目瞪口呆，“淼，今天我把我给你，我不想你不快乐……”

栀子偎在林淼的怀里，低头咬下了林淼衬衫上靠胸口位置的那枚扣子，坚定地说：“这枚扣子，还有你，以后都是我的。”

清晨，林淼收拾床铺的时候，惊讶地看到了那一小块鲜红，像一朵盛开的小花，又像是一枚扣子……

4

林淼和栀子开始公然地出双入对，没人羡慕只有太多人的疑惑和摇头。但他们却幸福得只剩下两个人的世界。

然而，有一天栀子却对林淼说，她要离开一段时间，去省城学舞蹈，然后回来在县城开个舞蹈学校，她不想这么一辈子就这么平庸下去。林淼听了很高兴，支持栀子这么做。

但临走的那一晚，栀子却眼睛红红地说又不想去了，林淼知道那是小女孩的心思，只好一个劲儿地哄她开心。

栀子走了三天了，但她没来一个电也没来一条短信，让林淼觉得很奇怪，打电话过去，听筒那头儿竟然传来那一句“您所拨打的电话已关机”。

林淼满脑子的不解，但更多的是担心。

栀子打来电话是一个星期后，说在学校里一切都好，只是花钱很多，问林淼可不可以先借她三千元钱。林淼说那没问题，只要你在那里能好好地学，什么都行。

听筒里栀子的声音似乎很小，不像她平时说话的样子，林淼担心地问她是不是水土不服病了。栀子说是有一点，排练也很辛苦有点累。林淼也没多想，就嘱咐她加强营养，多注意休息。

可是自那次以后，很长时间栀子再没打电话来。开始林淼还以为她忙没顾上，但等他打过去以后，栀子的号码却停机了。一直停，直到镇上栀子一个不错的姐妹来找林淼说栀子做了传销，骗了她三千元钱，问他能不能联系到栀子。林淼的头嗡地一下子大得要炸开。

栀子家的小卖部也在两个月前就关门了，听说栀子的爸爸要去外地做生意。

镇子很小，消息很快传开了，一个大学生被一个初中毕业的农村丫头给耍了。

林淼颜面无存，连班里的学生都知道了这件事，这使林淼在学校里抬不起头来了。林淼开始废寝忘食地备考明年的研究生考试，准备离开。

5

春天很快来了，林淼接到华东师大的录取通知。在上海，新的生活正等待着林淼。栀子，也许只是潦草的人生和荒唐的命运和他开的一个玩笑。

林淼研究生毕业后进入一家电视台工作。

这天，广告部的主任找林淼说一个朋友的大型超市的开业庆典，要他帮忙去拍个资料片。

林淼驱车来到南二环那家超市，在剪彩之后是节目表演，天下起了小雪，林淼架着摄像机本想录几个片断就回去了，调镜头的时候，他的眼睛一下子定格了。

那个在台上跳着热舞的人，不是栀子，还能是谁。

几分钟后，热舞结束，演员下台，主持人走上来，林淼叫助手照看一下摄像机，便匆匆跑到台后。

那几个正在换装的女孩子见有陌生人闯进来，惊慌地尖叫起来，林淼一把扯住栀子……

栀子先是惊吓地挣扎，随后草草穿了衣服跟着林淼出了换衣棚。两个人在商场的一角沉默地对峙，栀子说：“你的钱我会慢慢还你……”

“钱的事先不说，先说为什么不辞而别？”林淼口气冰冷地逼视着栀子。

“没什么，就是觉得没必要说。”栀子的口气也倔强上来。“你放心，我说了还就会还，不会欠你半分。我一会儿还有节目，请你尊重一下我的工作。放心，我跑不掉的，你到后台等我，散场后，我们再谈。”

6

庆典结束后，林淼开车在后台等到栀子，刚刚穿上羽绒服的栀子似乎还没暖和过来，脸色发紫，林淼从车上的保暖壶里倒了一杯热水递给栀子。栀子抖着冰紫的双手接过来，小心翼翼地小口小口地啜着……

栀子说自己当年的确是来省城学舞蹈，但到了不久后，家里就给她打电话说父亲被人骗去做了传销，借了亲朋好友许多钱，人都差点回不来。后来，警方打掉了那个窝点，父亲这才捡回一条命，但却有家不敢回，因为欠了那么的债务。只好跟着栀子一起来到这座城市打工，好把欠的债一点点还上。

那时候，林淼正在上海读研。

栀子说得概括简单而完整，表情淡然，完全像是在说别人的故事。林淼却听得心里一阵阵发紧，没想到栀子经历了这么多，林淼说：“那钱我不要了。”

栀子连忙说道：“是谁的就是谁的，我不会欠别人的。只是你得给我些时间。”

林淼没有再继续反驳争论，他带栀子在一家快餐店吃了饭，然后送栀子回家。栀子的住处是一个旧办公楼改的群租房，屋子里住了六个人，凌乱不堪，栀子的床铺在靠窗户的上铺，墙上挂着一把吉他，和林淼的那把看上去一模一样。

“你看我这地方又乱又挤，连个坐的地方也没有，不如你先回去吧，明天电话联系，我卡里现在没有多少钱，先还你一半，剩下的我尽快还你。”栀子一边说一边脱掉羽绒服，里面穿着一件米色毛衣，林淼一眼就看到了领口处一条红线吊着的那枚蓝色扣子：“栀子，这扣子……”

栀子脸色一红，转身躲闪，林淼一把抱住栀子的双肩，转过她的身体，栀子慌张地低头，抬手一把攥住那枚扣子，死死地攥住，并使劲地想挣脱开林淼，但林淼就是不放开手。最后栀子放弃了抵抗，泪珠突涌……

林淼一把将栀子搂进怀里，紧紧地搂住不放，呼吸灼热，眼角也潮湿了。这拥抱漫长得像一个世纪，温暖得像一场迟来的春天。

林淼问栀子有什么打算，栀子说："还能有什么打算，瞎混吧，人总要是活下去的。"

"还要好好的活，好好的活。"林淼说着这句，把栀子搂得更紧了些。栀子的泪落在林淼的后肩上。

栀子说，将来想开一所舞蹈培训学校。林淼说："好。我们一起开。"栀子的眼神一下子温暖而明亮，似乎又回到那年那月的那时光……

你若安好，便是晴天

亲爱的白小诺：

今晚，从单位加班后走出这座城市中央的大楼，恍然间就觉得人生有了许多无奈的疲惫。一对小情侣从对面走来，女孩儿说：“不如我们去看场电影吧，《那些年我们追过的女孩儿》听说不错。”怔怔地看着他们无视我而匆匆经过，在他们甜蜜的背影里，我一下子就想起了你。

那年，考到全城最大的那所中学，教室里黄木板的课桌被上一届的学哥、学姐刻画了很多胡言乱语，猜不透到底发生了什么故事，而我们是不是也会像他们一样留下点什么，一切都是未知。

来上课的老师，十个有八个是凶的，食堂的饭菜三顿有两顿是难吃的，想象与现实总存在那么大的差距。而这些似乎都不重要，我们要做好的就是必须按这样或那样的要求安分地守住自己那张小小的课桌，在每一个清晨五点半和晚上九点半里，用那些繁琐难懂的公式去反复地计算自己明天的命运，一步步垒高父辈对我们有些苛刻的期望，在张王李赵老师们不厌其烦的说教中乏味地慢慢长成一个大人。

这世间的事有时候觉得好奇怪：往往同样优秀的人都很难走到一起，相反两个同样有些笨、同样有些脆弱的人却往往能成为最好的伙伴。你我似乎就是这样的。看到谁在课堂上挨了训，另一个必定是担心的眼神；谁从家里带来好吃的，都不忘分给对方一点。在做不成珍珠的世界里，我们两个笨笨的小孩就像两粒沙子，平凡得有些寂寞、寂寞的有些脆弱，却又拥有那么一份坚强的幸福：那份傻傻的依赖倒成了相互取暖、彼此安慰的良药。

快高考的一天晚课，我把一张几乎攥出了汗的纸条偷偷塞进了你最后一节课要复习的资料里，希望你一翻书就能看到。

其实那不叫情书，只是在上面说不如晚课后，我们聊聊吧。那一晚，待晚课的人们都回了宿舍，我一个人在学校甬路旁垂着长长枝条的柳树下忐忑不安，左手右手不停地来来回回卷着一片又一片树叶，慌张地等待，像个正在做什么坏事的孩子。

只是不知道是你根本就没有发现，还是你装作没看见。反正你没有来。

高考结束，回学校去看分数的时候，看了自己的，也偷偷看了你的，都是差不多的结局。只是当我还没有来得及去打听你报什么样的学校，父母已替我做了主。收到通知以后，我慌慌张张地去学校打听，知道你已去了一所与我不同的学校，不同的城市。那是我第一次知道：原来分离是这么容易、又始料不及。

三年专科的生活里，我不停地写信、发短信给你。只是常常满纸的胡言乱语，却还是没有足够的勇气说出那一个“爱”字，皆因毕业前那张没有收到答案的字条。直到有一天，你在信里说你恋爱了，我的心终于石化……

这个夏天，一次难得促成的同学聚会上，我喝多了，你好像也喝多了。彼此交换过号码之后，在回程的车上我发给你一条短信，说：“当年，其实我是喜欢过你的……”

结果还是像那年一样，我没有收到你的回复。我沮丧，却又莫名的心安。

直到一个星期后，在班长建的群里，看到你写的那篇文——《有一种爱情只能叫遇见》：有一种青春只能是路过，有一种爱情只能叫遇见，它离一场美丽的爱情或一段圆满的姻缘或许只差一句坚定、固执的表白。而如果一不小心错过，从此，你们就只能隔着万丈红尘、风雨江湖，而不能再莽撞地踏进彼此的世界半步。我彻底崩溃了，也终于明白：人生就像是始终朝着一个终点的单向旅程，不管我们遇到什么、经历什么，永远都没有往返的机会。当今天变成昨天、明天也成为了昨天，一切都将成为封存的记忆。在岁月的长河里，我们都成了不能再重复的自己。只好道一声：你若安好，我便安心。

亲爱的白小诺，祝你幸福。我也会努力让自己变得幸福，说到做到。

爱上“代驾男主角”

人世间，有那么多匆忙的相遇，而遇到你，没有早一步，也没有晚一步，一切都刚刚好。

大学毕业后，方言一直没找到合适的工作，只好在一家小公司里权且安身，薪水少得可怜，于是他就利用晚上和休息日干起了代驾。这天晚上九点，方言接到代驾公司的电话说有人叫代驾。

十分钟后，方言匆匆赶到红玫瑰餐厅，见一个年轻女孩儿趴在包间的桌子上，面前摆了只空空的红酒瓶子。服务员走过来递给方言一张字条，上面写了女孩儿家的地址，但同时递过来的还有一张消费账单。

方言忙解释说：“我只是代驾的。”说着亮了亮自己的代驾证。但服务员还是坚持不结算账单就不让方言把人带走。方言转身要走，而那个女孩儿突然晃晃悠悠地站起来，一下子扑到方言的怀里：“哥，送我回家吧，他们都是混蛋，把我扔在这里不管了，我知道只有你最疼我……”

女孩儿柔软香艳的身体就那么死死地赖在方言怀里，方言有些惊，但还是狠心道：“哎，干脆好人做到底吧，反正跑得了和尚跑不了庙。”方言掏出钱来给了服务员，然后背起女孩儿出了餐厅，在停车场找到车子，方言把女孩儿放了进去。

夜渐渐深了，车里的温度越来越低，方言想把空调打开，可一看油表，心立马凉了半截，油已经到了红线区。方言回头看了看后座上的女孩儿，却已蜷缩在后座上睡着了。拐过一个岔路口后，方言把车停在了路边，下车开了后车门，脱下自己的外套，低下头钻进车里，然而，他拿着外套的手一下子停住了，心跳一阵阵加快……

女孩儿上衣的拉链不知何时被拉开了一大半，方言让自己镇定下来，于是上前伸手想帮女孩儿把拉链拉好。也许是乍一开车门，灌进了冷风，女孩儿一下子醒了，看着伸在自己胸前的一双大手惊呼地跳起来，抬起双脚一顿乱踹把方言踹出了车门：“流氓！流氓！……”

方言被这突如其来的攻击踹了个鼻青脸肿，慌忙解释道：

“我只是想帮你拉好拉链……”

方言把女孩儿送到目的地说：“代驾费120元，饭费846元。”

“什么饭费？”女孩儿瞪着大眼惊诧道，方言把那张餐厅收据递了过去。女孩儿拿在手中看了看，骂了起来：“这个王八蛋……”然后女孩说她今天是被父母安排来相亲的，可谁想那个表面上斯斯文文的“海归”竟然问了她好多变态的问题。她一气之下把人给骂走了，等那人走后，自己越想越气，就把一整瓶红酒全灌下去了，可谁想那个混蛋竟然没埋单就跑了。

“车钱给你，饭费我可不管。”女孩儿把120元钱塞到方言手里。

“你们吃的饭，怎么能把钱算我头上？你不给我钱，我就不给你车钥匙。”方言是真的有点急了。

没想到女孩儿竟然毫不害怕，硬生生地扔下一句：“你看着办吧。”然后转身跑上了楼。

方言傻了，站在楼道口一阵阵暗自叫苦：那八百元钱可是他两个月的生活费呀。不行，得把钱要回来。可他不知道女孩儿住几层，住哪个屋呀？突然，方言脑瓜里灵光一现，朝车子走去。

方言终于在车里找到了驾照，于是仰起头冲着楼上大喊起来：“安雪、安雪、安雪……”

没想到从小品里学来的这招儿果然奏效，三楼阳台上的灯亮了，伸出两个人头，一个是刚上楼的安雪、还有一个老太太。

“别喊了，喊什么喊，大半夜的，有什么事明天再说。”安雪冲着楼下嚷道，然后拽着那个看上去很纳闷的老太太回了屋。

反正她车钥匙还在我手里,我就不信明天她不打电话给我。想到这，方言也只好先回去了。

第二天一大早，安雪打来电话要车钥匙。方言说：“你把那八百多元钱给我，我就给你车钥匙。”安雪说：“那你来吧。”

方言高兴地去了，可是见到安雪之后，却傻了。

安雪说：“给你钱可以，不过你还得答应我一个条件。”看着方言一脸哭笑不得的样子，安雪扑哧一下笑了。

“看你长得还算说的过去，星期六给我当一天男朋友，到我家吃顿饭。”

“啊！”方言惊诧道：“不行，不行。我只是干代驾的，不接租男友的活儿。”

“什么行不行的，不行也得行。谁让你昨天晚上在楼下瞎喊来着呢？我都给我妈说了，你就是我男朋友，反正这个星期六你必须到我家来吃饭。”安雪把脸一拉：“否则你那钱就甭想要了，反正我又没给你打借条。”

方言真是彻底被她的无赖给打败了。

这天，方言来到安雪家。安雪妈分外地高兴热情，把方言搞得浑身不自在，只好使出看家本领往像里装，生怕露馅儿了。饭好不容易吃完了，方言的心终于放了下来。本想要了钱一走了之，可安雪却一脸神秘地把他拉进了自己的房间。

安雪一把把方言扯到床边挨近坐下，小声地说：“来，扮一会儿亲热……”

方言的脸顿时变得通红，门没关，虚掩着，此时在外面收拾桌子的安雪妈正斜眼往屋里偷瞧，脸上露出欣慰的笑容……

方言别别扭扭的任安雪摆布着，安雪却还不满意地小声嘀咕：“拜托，既然是演戏，就演得专业一点，演好了姐另外赏你二百五十元奖金……”

“敢情我就一二百五呀。”方言被安雪的玩笑逗乐了，心情也放松下来。可渐渐地两个身体相互传递的温度竟让方言莫名其妙的有点什么感觉了。再看安雪，闭着眼睛依在他怀里的样子倒像是真把他当男朋友了。

过了大概十几分钟，安雪把方言送到楼下给了方言钱说：“今天谢谢。”

钱总算是要回来了，可回到宿舍的方言却莫名地有些失望，躺在床上翻来覆去地睡不着，一闭上眼，脑子里竟然全是安雪的影子。

第二天，如常的生活就这么继续着，方言不禁苦笑自己自作多情。可没想到，三天后的晚上，安雪竟然又打来电话要代驾。

方言匆匆忙忙地赶去，还顺路在附近银行的自动取款机上取了一千元钱，他是怕安雪这个家伙又没带钱在身上。可是到了那个小酒吧里，安雪竟然没喝酒。

“没喝酒，你叫什么代驾，你闲得烧钱呀……”方言恼恼地说。安雪说：“我怕不叫代驾，你不来……”安雪说：“我今天心情不好，想租你陪我玩，玩高兴了给你五百元钱。”

“反正都被骗来了，不过看在五百元钱的份上，就算了吧。”方言摆出一副无奈状。

安雪说：“我听说城外有一家鬼城，能把人吓得把什么不开心的事都忘了，你陪我去吧。我一个人不敢去。”

安雪是被方言从鬼城里给背出来的，方言本想放下安雪，可安雪却死死地搂住方言的脖子不放。方言有些落寞地说：“我只能帮你这么多了，不开心的事还得靠你自己慢慢忘记。如果你以后再找代驾的话，我可以随传随到，免费。”

背上的安雪沉默良久，柔柔吐出那句：“那免费一辈子可不可以？”方言的心咯噔一下，回头看见安雪闪光的眼神。

安雪一小粉掌拍在方言头上说：“不吱声，就算答应了。反正我妈也见过你了，要是过两天她找我要人，你就必须得来。”

方言瞪大的眼睛里满是惊恐、又满是幸福。而他哪里知道比他更幸福的其实是安雪。

记忆里的时光一下子回到那年的罗城一中：高二下学期的学校元旦晚会上，隔壁班一个抱吉他的男生在台上唱当时正流行的朴树的《那些花儿》，也就在那一刻，那个高高瘦瘦、干干净净的大男孩儿一下子闯进安雪的心里。那个男孩儿就是方言。而安雪那时候还是个整天被公式和方程式弄得又胖又闷的“眼镜女”，但再默默无名的丑小鸭也有自己的美梦，所以她只敢暗恋，不敢真爱。高考时，安雪打听到方言的志愿，就和他报了同一所学校。但阴差阳错，方言却被录了第二志愿。但上帝为你关上一扇门，就会为你打开另一扇窗——方言的大学竟然就在她后来搬家的城市。大学四年，每次放假回来安雪都会偷偷跑去方言的学校，知道了他一直很优秀，还谈了一场无疾而终的恋爱，毕业即失恋，女友回原籍有了更好的工作。安雪这才勇敢地放开自己，让这场暗恋终于尘埃落定，马到成功。至于那晚的代驾电话，是她故意装醉，点名要那个叫方言的司机，又随后导演了“上门扮亲热”“鬼城促亲热”的戏码，而在这场追赶爱的大电影里，主角是她和方言。从此后，女主角和男主角将继续把未完的幸福一幕一幕上演……

第三辑

你是此生最美的相遇

爱上你，我才变得那么勇敢。不管世事无常，我都为你保留内心那份柔软；不管随你四处漂泊，还是为爱背井离乡，我都坚信你是此生最美的相遇。

原来，我们也有过那么美的青春

1

那晚的记忆好像永远停在了十七岁的颜色，满是月光的芳香，星星像是满天的孩子，时光一片柔软。

那都是不能复印的青春，只是依然清晰地记得，那时你若笑着，我便看到天空那么蓝；你若忧伤，我发现云彩也跟着落了泪。而你也许一直都不知道，那个放学后的雨天，谁在你必经的那条小街拐角目送了你一路又一路……

而如今，我们都已长大，日升月沉的平常岁月，有些风景被风一吹而散了，而有些印象，却一针一线织进岁月的纹路，清晰地印在时间的墙上。

十七岁那年，高二教室后面的草丛里开满了七色花，那是我经常发呆的地方。漂亮的七色花，朵朵都像捧在掌心的玻璃童话，温暖着我小小青春里的莫名惆怅。因为那时我偷偷喜欢上一个人。

那年的夏天，我隔着窗子看你从窗前走过，心底倏地泛起一阵慌乱的柔软，脸渐渐红得有些发烫，感觉自己像做错了什么事，却又不知自己错在哪里。

从那天以后，我偷偷在校园里所有你会经过的地方远远地观望了你好几个星期。你抱着一摞高到下巴的作业本送去老师的备课室；你哼着不成调的情歌，风一样在教学楼的楼道里飘过；体育课，你抱着篮球风一样冲出教室，跑到操场……

我常常幻想怎么才能和你有一次近距离的接触，是不能被看出来的那种“偶遇”。于是，我挖空心思来来回回在心里琢磨了千遍，却一直都没有实现那个“偶遇”，它只是盛开在心里的一朵小花，花期很短，芳香却很长，让整个夏天都满是不一样的味道。

每天放学后，背着沉重的书包匆匆走在坚硬的马路上，拐过熟悉的街角，在那个精致的冷品店买一份冰淇淋给自己，贪婪地吮吸着自己一直那么喜欢的味道，安静地站在这里默默地等你。因为我知道你每天都会从这里经过。黄昏中，街口的风翩翩吹起我的棉布裙角，还有盼望中你到来时惊喜慌乱的眼神。当看见你骑着山地单车像风一样疾驰而过，心就一下子满了……

然后匆匆跑去城市深处的那条小河，站在桥上扶着干净的石栏，撒下装在布囊里的那些七色花瓣，看着那些兴奋着争先恐后浮上来的小鱼，把自己的心事一瓣瓣悄悄喂给它们……

看着那些小鱼欢快地游来游去，像一群欢乐无忧的孩子，然后傻傻地露出那个自己分外满意的微笑给自己，再然后回家，继续守在夜窗下用那些冷漠的公式计算自己明天的命运，用那些孤单的文字、字母还有符号，辛苦地垒高父母的期望，而写给你的那封情书却涂了又改、改了又涂，总是写不到满意的程度，最终还是没有赶在毕业之前寄出。其实，或许是自己太贪婪了，想第一次开口说出“我喜欢”，就想得到那句“我也喜欢你”。

而如今老去的岁月，早已深埋当初滚烫的心迹，渐成瘦弱的记忆。人生，的确没那么多的辉煌精彩，轰轰烈烈。红尘两端的我们，也许都已在俗世烟尘里各自奔忙，成了彼此不再熟悉的风景。而时光的长河里，那些斑斑点点的记忆虽细如微粒，却像那年盛开在教室后面的七色花，那么美丽，浅笑在记忆的眉梢，一触即如花开……

2

端着一杯奶茶的桃子，独自坐在大学宿舍楼前的草坪上，拿着一本刚刚寄来的杂志，杂志上面登了她写的这篇文章。

秋日午后的阳光格外慵懒，桃子也一样。

一辆绿色的自行车歪歪扭扭地从亭子边的水泥路上经过，车后座上的女孩儿用手捶着男孩儿的背，嗔怪道：“你慢点，小心撞到人……”他们穿着白底绿边的情侣装。

桃子笑了。笑当年高中放假的路上，有不少同学也这么大胆地穿过，只是这大胆里没有自己，也没有格子。

一个星期后，一个陌生的电话打来宿舍找桃子。

“喂，找谁？”邻铺的梅子接了电话问。

“桃子，找你的。是个男生哟。”梅子一脸的诡笑。桃子很纳闷，谁会把电话打到宿舍里来找她呢？还是个男的，奇了怪了……

“我，桃子，听不出来了？”桃子的脸一下子紧张起来。“桃子，你还好吧。看到了你写的文章，所以打你们学院的电话，问到了你宿舍的电话。”

天啊，打来电话的竟然是格子。

格子在电话里吞吐了一会儿，然后直接问道：“以后你故事的男主角可不可以是我呢？

桃子听到这句，一下子脸色绯红，心如鹿撞，半天没回答出一个字……

直到后来，格子向桃子坦白说，其实，那年那月不只是你一个人的秘密，格子已早早注意到那个时常发呆，尾随了他一路又一路的奇怪女孩儿。

获知秘密被识破的桃子，好一顿小粉拳捶进了一脸坏笑的格子的怀里，直到格子一把将桃子的那双小手捉住，牢牢地捉住……

格子说要来看桃子。

桃子坐在星巴克的咖啡桌前，透过大大的玻璃窗望着窗外等格子来。

3

格子来了，背着大大的旅行包。拉开旅行包的拉链，掏出一大堆东西来：可爱淘气的玩偶、最新版的MP5、运动手表、花格子裙、牛仔裤、高统靴、沙琪玛、薯片……都是桃子喜欢的东西。

从珠海到滨城，格子坐了两天一夜的火车，

“你现在哪里混呀？”桃子问。

“一个美术学院。”

“啊，美术？”桃子把眼瞪得像灯泡。刚喝到嘴里咖啡差点喷出来了。

“你不是在开玩笑吧？你去学美术？这不是等于说猪要飞上天吗……”

“没办法，考不了别的院校，老爸只给我找了这么个学校，就这还花了十几万呢，当然不是学什么国画、油画，只是工艺美术设计。不就为了混张文凭嘛，在哪里不是一样，毕了业还不是要到老爸的公司里去做事。我的命运从来都是被别人安排的，只有一样是我自己安排的，那就是你。”

格子的最后一句话，说得像个诗人。桃子心里一阵温暖。

格子又坏坏地笑着，看着脸已绯红的桃子，啜了一口咖啡道：“跟你商量个事呗？”

“你说。”桃子放下手中铿亮的小勺子，歪着脑袋对格子莞尔一笑。

“今天方便吗？”

“怎么说？”

“不如我们去开房。”

“啊？”桃子吓得几乎要跳起来。

格子憋了好久才笑出来：“跟你开玩笑的，看把你吓的。”

“你混蛋。”

桃子长长地出了一口气，不停地用手拍拍狂跳的胸口。

桃子带着格子在滨城玩了好几天，所有能逛到的地方，都逛了一个遍，很开心。

在逛服装批发市场的时候，格子执意要买一套情侣 T 恤。桃子百般阻拦，嘲笑格子幼稚，但格子还是执意买下了。格子说不穿留着看着玩儿。但最终桃子还是同意穿了。

格子返校的日子到了，桃子送格子去车站，夜里九点一刻的火车。

初秋的北方，站台上的夜风已有些凉，格子终于把桃子拥进怀里，说：“桃子，我爱你。”看样子，不像是在撒谎。格子的吻，就那样突然得像一只蝴蝶落在桃子的额头，远处的城市，夜色缭绕，灯火流动……

从那天起，大学三年，格子从珠海到滨城，两天一夜的火车，不知往过多少趟，车票在抽屉里攒了厚厚的一摞……

大学毕业，格子终于没去他爸的公司，他说要去打拼一下自己的江湖，格子选择了桃子所在的北方的这座城市落脚。

再以后的以后，格子忙，桃子也忙，两个人在忙碌拥挤的城市里都心怀梦想，也相拥爱情。

现在，格子终于开了属于自己的广告公司，桃子也一路从小职员升到了主管。这年十月，两个人忙忙碌地筹备婚礼，大学附近的那家影楼，硕大的玻璃窗里，桃子认真地穿着婚纱，脸上全是幸福……

他们错过了那场彼此的暗恋，但时光终没让他们错过爱情。

你是此生最美的相遇

1

我在这座远离你陌生而庞大的城市里，忙碌而孤单，眼前常常浮现那熟悉温暖的一幕：小城绿树环绕的中学，洒满黄昏柔和的阳光，下午五点半，是食堂开饭的时间，我打饭回来，端着饭盆经过操场，准时的看到从球场打完篮球回宿舍的你。我熟练地停下原本迈着的四平八稳的脚步，上前轻轻喊你一声“老师”。走到操场边上的你，也像往常一样，侧脸过来向着我点头微笑，然后说一句：“打到饭了呀，多吃一点，正长身体呢。”我顿时仰脸开心地一笑，心里一下子装进满满的暖。

当然，还有那么一点点、小小的羞赧，因为我一直担心自己会长成一个胖妞。我傻傻地庆幸自己每次都能把时间和脚步算得这么刚刚好，恰好到每次都能准时、准地的遇到你。

我就只喜欢这么简单地叫你一声“老师”，看到你同样简简单单的微笑与问候，便很知足，觉得被书本和考试囚禁的青春一下子就充满了阳光。

而那时的你，刚刚大学毕业，21岁，只是我们哥哥的年纪，可你却成了我们的第一任班主任，语文老师，我们成了你教书生涯中的第一届学生。一切的缘分也是那么刚刚好，没有早一步，也没有晚一步。你穿着瓦蓝色的T恤，米黄色的休闲裤，样子有些怪怪的登山鞋，笔直潇洒地站在讲台上，真像是一棵高大又郁郁葱葱的树，浑身上下透着让我们羡慕不已的“洋气”。尤其你那一头黑亮的波浪卷发，真是帅呆了，你眼睛很大，眼神温暖而澄澈……

只是当你介绍说你叫“黄艳兵”时，我们一下子惊讶地捂嘴低头偷笑，这名字太土了，和你的样子完全不相配。你看着我们偷笑的样子，佯装无奈地苦笑说：“这名儿是土了一点，配不上这么帅气的我，这不没办法呀，我爷取的，户口本和身份证都改不了了。你们以后最好别叫我这个名字，就叫我黄老师吧。”

我们没想到你还这么自恋，又哄堂大笑起来。只是你的“自恋”丝毫没有让我们别扭和厌烦，只是觉得好玩。你回转身在黑板上写了三个大字：黄老师。秀气又苍劲的欧体，又让我们佩服起来。

那年的九月，校园里开满了黄灿灿的四季桂，一树一树开得那么茂盛，那一年，你成了我们的老师。

2

我是一个不爱说话喜欢安静的孩子，所以我慢慢变成一个被孤立、被边缘的“隐形人”，有时候，我甚至喜欢上了这种隐形，因为在这份安静里，我能清晰地感觉自己的存在。

高一的下学期，学校里开了一个广播站，全校老师里数你的普通话最标准，你被安排去了做广播站的播音主持。每天早上和黄昏的半个小时，你就坐在校园的广播室里认真地读着学生们写来的一篇篇稿子，当然有时候也有你自己写的。标准如水的普通话和深情委婉的语调像一阵清风洒满了整座校园。我每次都一字不落地细心聆听，不错过你每一个吐字的声音，喜欢并迷恋，它让我感觉到安静与幸福，忘记了所有烦恼。后来，我也给广播站投稿，希望你能念到我的稿子，但我没写自己的名字，因为我有些胆怯，也有些害羞，我不是怕写得不好，而是怕你看到我心底更多的脆弱、悲伤，在你眼里，我只想做个优秀的学生，不想做个可怜的孩子。稿子我也是偷偷地投的，每天晚课结束，趁没人的时候把稿子用一块砖头压在广播站的门口处。你很快就念到了我的稿子，没有哪个班级某某同学来稿的报名，你只是说“一位高一同学的来稿”，我高兴不已，这样已经足够。我只是希望我的文字经你的口读出来，你读得比我写得更好，感情饱满深厚，有时候，你会把我写的不合适的句子更改，改到恰到好处，让我佩服。尽管那些故事基本都不是真的，只是我一个人的渴望与幻想，但那是我一个人满满的欢喜，也是温暖照亮着我勇敢向前走的一丝光亮。

我开始偷偷地模仿你的声音，悄悄在教室后面的那棵大榕花树下一遍遍练习，我希望有一天我能和你读得一样好。我甚至希望，我也能去广播站播音读稿子。尽管我知道那只是一只丑小鸭天真的幻想。

我没想到它会梦想成真。

3

学校组织的一次演讲比赛，我大胆地报了名。结果我拿了第一名。学校奖励我一个厚厚的、漂亮的笔记本，盖着鲜红醒目的印章，引来全班同学的羡慕。更让他们瞠目结舌的是，学校里每个年级选了一个学生代表去广播站替你的班，三名学生里，高一年级的便是我。

从那时起，我的沉默隐形被打破了，班里的同学，纷纷拿着从作文选上抄来的片断，央求我能不能在广播站播一下。我知道他们的虚荣，但我更痛恨她们的势利。我本能地抵触，我不想给她们播，但我似乎又很在意她们对我艳羡肯求的那种感觉，于是，我挑了几篇稿子播，说是满足他们，倒不如说是满足我自己。

只是什么事儿物极则必反，我贪恋着这份给予我尊严的“骄傲”，直接导致其他科目都学得越来越一塌糊涂，尤其数学，渐渐发展到听课如听天书，考试分数跌破到一位数，常常在数学课堂上被数学老师骂我脑子里生了虫子，隔三差五地被撵到教室外面罚站。

起初，我伤心委屈，也曾尝试努力改变，只是结果都成了徒劳，我数学差的程度已到了无力追赶，我索性破罐子破摔地麻木妥协，由它去罢。骂就骂，罚就罚，反倒不在乎了，甚至到最后一上数学课，我倒乐意被撵出去，然后我依着教室灰白的墙，遥望校园上方的天空，胡思乱想我要写的作文，关于忧伤、关于幻想、关于不确定的未来……

我就是这个样子，但那一天被你来教室拿落下的教案时发现了，我窘得脸通红，全没有了在你面前那份天真的骄傲，恨不得马上找个地缝钻进去。

你向数学老师了解了情况，数学老师表明我已无药可救后忧郁地叹息。

等我再次抱作业到你宿舍时，你叫住了我说："每天下午课外活动的一个小时，你拿数学书来，我给你补习补习，再这样下去，你会完蛋的。"我一下子泪流满面。那一刻，我那么想一下子就扑到你的怀里，但我怎么敢，那是我第一次尝到压抑自己感情的感觉。

4

我没想到，你对数学也这么精通，并且你讲的方式完全和数学老师不一样，你从第一章开始，每天一点点帮我补习，直到我弄懂了以前所有头疼的问题，渐渐考到及格。而我却无以感谢。

我只能每天在心里默念一千遍：你就是上天派来救护我的天使。

很快到了高二。班里开始有男生给女生递纸条，似乎像一场春雨一下子催发了漫山遍野的青苗，蓬勃繁茂，恣意疯长。有男生开始替女生在食堂排队打饭，有女生开始收到一些花花绿绿的小玩意儿，有女生开始在宿舍里为男生编织塑料手链。她们好像忽然一夜之间长大了，挡不住的生机蓬勃。有的甚至开始偷偷穿大胆、新潮的内衣，模仿电视里的明星涂指甲油、抹口红，我觉得她们都疯了。好在还都只是在宿舍里偷偷实验了一下，还没有哪个敢公然地展示到教室里去。在班里，谁和谁是“一对儿”，似乎有了名单，成了不公开的秘密。

当然，这一切与我无关。

但有些事却与老师有关了，学生们的不安分，直接造成了班里风气浮躁，成绩下滑，还时不时发生一些小事故，有男生开始为女生打架。你作为班主任，不可回避的要加强管理，但你每次都是雷声大、雨点小，顶多骂一句：“小毛孩儿，懂个屁。”这是我唯一听到你讲的脏话。你不放任，但也不像别的老师那样劈头盖脸地骂我们。但有两件事还是给你惹了大麻烦。

第一件事是，班里一个家里有钱胆子又超大的男生，下晚课后把女生偷偷地约到宿舍楼旁边的小树林里，被学生处查晚休纪律的老师逮到。校长要你严肃处理，想直接开除他们。但你只是找了他们谈话，并不打算开除他们。结果，你三番五次被叫去校长办公室，我们偷听到了你和校长激烈地争吵。校长声嘶力竭地吼："你不要护犊子，你这不是爱护他们，你这是在害他们，如果你不杀鸡儆猴，以正视听，你会把整个班都毁了的……"

"他们不过都还是孩子，懂什么呀？这样上纲上线，对他们是不是有些严苛了？他们总还没有到不可救药的地步吧，再说我们是有责任教育引导他们的呀，要是就这样给他们贴上标签，清除他们，你想过他们的感受吗？想过对他们的影响吗？也许就是一辈子的伤害和阴影，那才是真正毁了他们。不要出点小事，就搞排除轰走吧？我们的主要责任是教育，不是打击吧？反正要开除他们，我做不到，如果你非要开除，你连我也一并开除算了……"

事情最后的结果是，那个男生一个星期后悄悄转学走了，那个女生在宿舍里偷偷哭了一天，没多久也自己转学走了。因为学校里要开一次"关于中学生早恋的整风大会"，他们有些害怕。

5

另外一件事，更为严重。

那是元旦期间发生的事，元旦学校没有放假，叫各班里自己组织联欢会娱乐一下。同学们都高兴坏了，精心地准备着节目。

到了元旦那天晚上，我们把教室布置得漂漂亮亮的，还自助买了好多零食，热闹非凡。我们的节目虽然都还稚嫩、蹩脚，但我们都是用心的，关键是放松和开心的心情。一个从市区来这里上学的漂亮女生（丹丹），为我们跳了一支舞，看来是学过的，成了那次联欢会最抢眼的节目，同学们也都佩服得不行。她自己也因此成了我们班“骄傲的公主”。外班里好多人也听到了她的大名，不久就有好多外班，甚至高年级的男生常常来找她。

时隔不久，出事了。

一天晚上，几个辍学的小混混翻墙跳进了学校，来到我们宿舍门外指名点姓地要找丹丹，我们都吓得要死不敢出声。丹丹也藏在被窝里吓得瑟瑟发抖，我们也都不知所措，我们甚至痛恨是她给我们带来了麻烦。那几个小混混还在窗外不停地叫丹丹，不然就踹门了。

有一个胆小的女生害怕地哭着说：“求求你赶紧出去吧，要不他们可真闯进来了。”有一个性格比较直的女生甚至骂了起来：“你赶紧出去吧，都怪你四处显摆，这回惹事儿了吧，你惹的事儿，你自己了，别连累我们。”而丹丹早已被吓得裹紧被子，蒙着头缩到了墙角。

这时，“哐哐”不停的踹门声已经响起，几个女生一下子吓得尖叫起来。我也有些害怕，但我当时不知怎么有了那份勇气和胆量，一声命令：“你们都把衣服穿好，把洗脸盆拿在手里。”女生们条件反射地都慌忙地把衣服穿好，然后迅速拿起各自的脸盆站到床边。我说：“待会儿，我跑出去叫老师。你们迅速地关门，如果他们要是闯进来了，你们就一起用脸盆打他们，记着，往头上打，用力打。”

我叫过那个刚才骂人身高体胖的女生说：“一会儿，我开门冲出去，你迅速地关门，把插销插好。”我又叫过另外三个拿搪瓷脸盆的女生守住门口，告诉她们万一那几个混蛋闯进来，你们就用力往他们头上砸。”吩咐好了这一切，我深呼了一口气，握紧手里的搪瓷脸盆，然后一声令下“开门、关门”

我拉开了一条门缝，像一只猴子一样猛地蹿了出去，身后门“哐”地一下死死地关上了，我还没来得及庆幸，一下子撞到一个人身上，那人猝不及防，险些被撞倒，也似乎被突然撞出来的我吓懵了，正在惊讶疑惑，我把手里的脸盆猛地向那人投过去，然后风一样地跑了，边跑边喊：“来人呀，抓流氓呀……”

后来，我后悔怎么不跑向最近的老师宿舍区，却一溜烟风急风火地跑到你的宿舍门口大喊：“黄老师，有坏人闯我们女生宿舍了……”

你穿着短裤就跑出来了，手里拎着一个打气筒，风一样跑向女生宿舍，我紧跟在后面。到了宿舍区，只见你大叫一声：“小混蛋们，你们想干嘛。”然后像只猛虎一样地冲了过去，抡起手中的打气筒朝那几个混混身上打去。

那几个小混混仓皇地逃跑，有几个人迅速地跳过了墙头，但有一个跑得慢的还是被你击中，你揪住他便是一顿猛打，直打得那个小混蛋哭爹喊娘地求饶。不一会儿，学校的老师们都赶来了，有人报了警，把那个没跑掉的小混混带走了。

从那天起，我们似乎都懂事了，用功学习，一点乱也不捣，男生们也都暗暗地佩服你，偷偷把你叫作“大哥”，我们女生却觉得你更像“爸爸”。然而，事情并没有就此结束。

6

一次放假回来，数学老师说要临时代理我们的班主任几天，我们都问你到哪里去了。数学老师说你家里有点事，请了几天假。但我们还是心有感应似的，莫名地怀疑、担心，终于从外班的男生那里得知，你被街上那几个混混报复，围殴，住进了医院。我们都害怕并担心得要死，我们都哭了，我们不上课了，我们把兜里所有的零钱都堆到讲台上，我们要去看你。男生们还暗自组织了“报仇队”，偷偷地准备了一些“武器”，要那帮小混混“血债血偿”。

“罢课事件”惊动了校长，校长同意我们出个代表去看望你。但我们没一个人同意，我们都要去，一个也不能少。

僵持了两个多小时，校长终于妥协了，给我们租了一辆公交客车。我们来到你住的医院，看着一条胳膊缠满绷带的你，女生们一个个放声大哭。

几个愤愤不平的男生攥着拳头说要为你报仇，你喝令“不准胡来”，说这事已了结，他们不敢再来学校骚扰了。还一再地警告男生谁也不许再生事，否则别怪你翻脸不认人。

我们不知道你究竟跟那帮小混混达成了怎样的协议，反正，他们果真没再来。

这件事之后，丹丹和我成了最好的朋友，她放假回来从家里带来一大包我从来没见过的零食，塞到我怀里，郑重地说：“以后你就是我姐妹儿了，我保证宿舍里没人再敢欺负你。”她还挑了几件好看的衣服给我穿，我倔强着不肯领受，好像自己是个被施舍者一样。她佯装恼怒地说我要不穿便是瞧不起她。在这之前，她因为家境优越，是宿舍里其他女生巴结逢迎的对象，而如今，她向她们宣布我成了她最要好的姐妹儿。本来那些瞧不起我的女生们通过这件事，也把我当成了一个救她们于危难的“英雄”，开始主动和我亲近了。

我终于不再孤立，不再封闭了。

你伤好后回到学校，好久都没再去篮球场打球，医生说你胳膊的伤彻底恢复还要半年，半年之内不可剧烈运动，避免二次伤害。而这状况，导致我每天打饭的时间，不能再准时与你相遇，不能再心满意足地喊你一声“老师”。我有些失落地怅然，像丢失了什么宝贵的东西。

但有一天，课外活动时间我抱着一摞作业送去你的宿舍，听到你屋里传出吉他声和唱歌的声音，低低的、缓缓的，我听出来那是一首校园歌曲《睡在我上铺的兄弟》。我又惊又呆，像个傻瓜一样站在门口听你弹唱，没有敲门进屋，直到你打住为止，我才慌乱地敲门进去，脸涨得通红，把作业放到你桌上，然后逃也似地走了。

从那天开始，我的生活多了另外一项内容——每天下午的课外活动，我便偷偷跑到你宿舍后面的窗台听你弹吉他，听到了你唱《同桌的你》《花房姑娘》……

我有了这份窃喜的幸福,直到有一天被丹丹逮到我的秘密，然后她惊讶地大呼：“没想到咱班主任还这么多才多艺。”于是，这个秘密成了我们两个人的秘密，共同有了一份“做贼”的幸福。然而，这幸福并没持续多久。

7

一天，校园里来了一个高挑漂亮的女人，她挽着你的胳膊在校园的甬路上秀恩爱，让人们羡慕地咂舌不已。

毫无悬念，那是你的女朋友，并且还那么漂亮。听说和你是大学的同学，在市区的一所重点高中教学，你们很快就要结婚了。

我竟然为此神经病般地伤心难过忧郁了好长一段时间。更要人命的消息是，你不但要结婚了，并且很快还要调走了，调到你女朋友的学校。

听到这个传言，我们都慌了。

我们不想让你走，我们不知道你走了之后，我们会怎么办？这个消息，终于在你的一堂课上一个大胆的学生的追问下得到证实。你苦笑着安慰说不是马上走，是等这个学期结束以后才离开。但我们还是叫嚷着：“不同意。”几个女生还撒起了娇，让你哭笑不得。

我没跟着依依不舍的同学们起哄，因为我的心伤到了冰点，陷入茫然的孤独：你为什么要调走呢？你为什么要调走呢？你走了，我怎么办？

同学们开始自发地各自买了同学录，要你一一签名留言。我们都很悲伤：别的班的同学都是要到高三毕业才搞同学录，我们却要早早提前一年。

我拿我的签名册到你宿舍的时候，我说：“老师，你能不能教我弹吉他……”

“噢……”你有些惊讶，然后笑着说：“可以，不过几天之内你应该学不会什么吧。我只能教你一些简单的指法。”

我最终没有学会弹吉他，我只是小心地摸了摸那六根粗细不一的琴弦，心神不宁地待了一小会儿就告别走了。临走时，我说："老师，我的签名册，你多写一点内容给我吧。"你点头答应。

我的签名册，不是你亲手交给我的，是你托班长交给我的。你没有和我们告别，当然也没有和我告别。你就这样悄悄地走了。

我的签名册，你满满地给我写了半本。我抱着它坐在教室后面的那棵大榕花树下发呆、抽泣，抽泣、发呆……

8

你走了之后，我的心里像是被摘掉了什么。我不知道我还有没有能力把它找回来。

升入高三，原本热血计划的事情并不是当初你要走的时候我们对你说的那样。新班主任是个教数学的老头儿，枯燥、无趣、唠叨，并且严厉异常，我们没心思上课，不管那些高三的老师怎么对我们动之以情、晓之以理地教育，我们都显得无动于衷，提不起精神。整个气氛消沉、抵触、焦躁与不安，其中几个调皮捣蛋的学生公然地在课堂上顶撞老师，搞得来上课的老师既尴尬又头疼。女生们也浮躁不安，不少偷偷看起了言情小说，在宿舍里饶有兴致地化妆打扮，喷小商店里买来的劣质香水，有几个还已偷偷和本班或者外班的男生约会。总之班风陷入一片乌烟瘴气中。好多男生开始因为一些鸡毛蒜皮的小事跟外班男生打架，比如只是在食堂打饭时被蹭了一下，或者在课间活动时间哪位学生在我们班教室前扔了一张废纸，甚至是看哪个外班的男生不顺眼，就是想教训他一顿。最凶的一次是我们的班长在锅炉房打开水的时候被挤过来插队的一个外班男生不小心踩了一脚，班长二话没说直接拿一壶开水砸到那个不排队，还牛气哄哄的外班男生头上，结果导致两个班级 30 多名学生的群殴事件发生。

班长本来是要被开除的，但因为他成绩优秀而且以往也是好学生，所以停课一周。就是这样的处理结果，我们还是不满意，公然地罢课示威。结果直接导致第一次月考，我们这个原本的先进班的成绩一下子滑到整个高三年级所有班的最后一名。学校为此专门为我们班开了一次会，校长讲完，副校长；副校长讲完，教务主任讲；教务主任讲完，班主任讲；班主任讲完，各科老师轮番讲，反正就是集中火力拯救我们这帮“病入膏肓”的孩子，而当他们看到我们脸上的表情波澜不惊时，他们彻底无语了。

我们没想到，第二天你会来看我们。你又为我们开了一次班会，我们都哭了。你最后说：“不想让我瞧不起的，就都给我好好上课。”然后，你带着我们61个学生去了操场，集体跑步。领跑的你高喊着誓师的口号“打起精神，战胜自己，勇敢向前，不言放弃、不放弃、不放弃……”

一直跑到我们每一个人都筋疲力尽，我们胸中的郁闷也终于完全释放出来。同样满头大汗的你临走前，微笑着对我们说：“加油吧，别让我瞧不起你们。”

我们不是天生喜欢叛逆，对一切美和爱的感化我们都乐于服从。你转身留给我们的那个高大的背影，给了我们自信、坚持，勇气和希望，让我们顺利地度过了高三，考出了一个好成绩，全班有百分之九十的同学都上了一本线。

9

进了大学，陌生而新鲜的环境，渐渐让我有些忘了你，也许你也早早忘了我。也许，这一生我们都只是彼此天空里瞬间划过的那道流星，不管曾经的记忆有多么闪亮，都将被岁月的漫漫尘沙掩埋，而再无交集。

很快，世界如常，生活如常，我大学毕业，跟男友回了他的老家，一座沿海的三线城市。我们都考了公务员，各自进了一家朝九晚五的机关单位，草草无聊的烟火人生。

2013 年，和丹丹又联系上了。丹丹当年没考上大学，我们曾一度失去联系，通过同学微信群，又联系上了。丹丹在北京，依然在跳舞，一个辛苦追寻着明星梦的北漂。

多年彼此失去消息，如今又联系上了，所以，我们在微信里常常聊到通宵，我抱怨生活的单调无趣，她哭诉这个世界的残酷。也互相羡慕，她说她羡慕我的安稳，我说我羡慕她的自由，到最后落到彼此安慰一句：都知足吧。

2015 年，一场多方联系，筹划了多半年之久的高中同学聚会终于达成一致意见。所有的同学聚会都是一场怀旧的热闹，一场热闹之外的无奈孤单。又总有些记忆，是你想忘都忘不掉的。尽管大多都没有什么意义，却常常勾起你某种沉睡的心思。那是一种感觉，根深蒂固，盘根错节在你并不刻骨、也不传奇的人生里。

聚会的地点，我们决定回小城去，最重要的一点是，我们要一起去找我们的老师，找到我们的黄老师。

10

当初的61个人，联系到了47个，能确定准时回来的36个，来不了的，有的在国外，有的因为各种事由脱不开身。北方的十一月，已进入渐冷的冬天，我买了件新羽绒服准备在行李箱里，瓦蓝色的，老公嘲笑我怎么买这么个老气的颜色，我羞恼地反驳他："我的青春都被你毁得过了装嫩的年龄了，我现在只有本本分分当老妈子，柴米油盐相夫教子的资本了。"只有我自知，心底泛起一层酸涩的忧伤。那曾是我眼泪的味道，也是我曾经微笑过的颜色。

11月26号，36个人陆陆续续抵达小城那家规模最大的宾馆，这是在当地工作的一个同学提前操心定好的。

一番杂乱热闹的相互迎接，安置房间，拥抱、玩笑后，终于都坐到饭桌了前，每个人也都守住自己的盘子、酒杯。却独独少了我们的黄老师。

11

当地安排宾馆的那个同学说，只模糊地知道几年前老师报名去援疆，后来就一直没他的消息了，听说和妻子也离了婚，我们也不好向她去打听。

“这有什么不好打听，离了婚又不是仇人，又不还老死不相往来。”丹丹大喝一声，我知道她最近离了婚心情不太好。赶紧拽了拽她的衣服，示意她坐下，一边劝说她，一边对其他同学说道：“喝多了，喝多了……”

“问问又怕啥的？”

“对，问问。”

许多人窃窃议论，最后拿出主意——由一个人出面去市一中一趟。很快有两个同学自告奋勇，离桌而去。

没过半小时，电话打回来了。是低沉的让人倍感压抑的声音：“你们都来吧……”

在那片教职工宿舍区一个 90 多平方米的单元楼里，我们看到了依旧漂亮优雅的师母，只是眼神无助、表情忧郁，连跟我们打招呼客气的话都说得有气无力：“都来了啊，坐吧……”尾腔里已带了悲泣，我连忙上前扶住她：“师母，为难你一个人了，你怎么不早跟我们说。”话说出口，我又暗骂自己多嘴，因为我向来不懂得如何安慰人，眼看着一滴泪就跳出了师母的眼眶。

30 多个人，在客厅里都挤满了，更没有办法一起挤进那间十几平方米的卧室，我们只好分组陆续进去探望，说好了每组5 分钟。

可是，第一组 5 分钟还没到，就有两个女生掩泣跑了出来，让我们站在门外等候的人都神情疑惑而紧张。我更是怕得要死，虽然也见过几个癌症末期、生命垂危的病人，但若是让我见你被病魔折磨的样子，我真觉得自己没有勇气。但又那么渴望能见到你，甚至幻想进了那个屋子一眼看见的还是那个高高帅帅、一脸阳光的你，就像什么事都没有发生过，连时光都跟多年前一样。

然而，当我不由自主地迈进那间屋子时，我被吓得整个人瞬间冰住了冻，随之而来的是毫不矜持地“哇”地哭出声来。如果不是我看清你左眉上那颗暗红的痣，无论如何我都不相信那就是你，躺在床上的你形容枯槁、几乎瘦脱了人形，脸颊几乎消失殆尽，锁骨处沉陷得能放进两个土豆，皮肤紧紧地贴在骨头上，就像是一个丑陋的蜡人，这是生命退守到最后能把人心撕碎的悲绝表征。

你已说不出完整的话，只是艰难地冲我们“恩恩、哦”，继而努力地想抬起胳膊招呼我们，我一边哭、一边走近你跟前，想帮你抬起轻瘦如柴的手臂，想拿着你的手，满足你向大家致意的愿望，但我没想到我捉住的却是一只空空的袖口，我连忙寻找你的手，却只捋出一根突兀的残肢：“老师、老师，你的手呢？你的手哪儿去了……”我像疯了一样地呐喊，满屋子的人也都惊慌地凑到近前来要看个究竟……

师母挤进门来安抚我们，老师的左手是在援疆期间，为送一个生病的学生去百里外的医院，骑着摩托车返回学校的路上遭遇暴风雪不幸出了车祸，丢掉的。我们唏嘘你命运多舛，却又都那么轻易地想起当年你为我们抱不平的威武，可是那个威武的你现在哪里去了呢？我们都红着生疼的眼圈想把泪忍住，却又无论如何都办不到。

我们问起关于你的若干事，开始师母只是哭，什么也说不出口，后来断断续续哽咽着告诉我们：你援疆五年，回来后就成了这个结局，其实这是她早该预料到的结果，只是她没想到会这么严重。师母说当初你援疆两年后第一次回来时，很直接地提出离婚，你们没有吵架，师母问你是不是在新疆有了心仪的人，你起初以沉默对抗，最后说出一句：“我应该是回不来了，我也不想回来了。”

还有很多事师母没给我们说，但我还是从你的博客里知道：

师母说，其实她猜得出其中的原因，你们一直不孕不育，是黄老师的问题，诊治多年也无效。你们曾经抱养过一个孩子，但不到半年，不谙世事的你们才被公安局通知孩子是被人偷来的，根本不是当初说的那般生活困难，养不活孩子。“卖”孩子给你们的所谓的外乡人，其实只是伪装的人贩子，结果他们东窗事发，让你们空欢喜了一场，还添了一项心病，那个当初抱来刚出满月的孩子，你们毕竟养了半年。很长一段时间，你们连吃饭的心情都没有，两人不是对坐无语，就是一个人在电脑前一遍遍地看那些小照片，另一个人躲在还放在婴儿床的那间卧室里来回地折叠那些小衣服。

孩子的父母来抱孩子时，说要给你们五千元钱的抚养费，你们眼里除了失望就是眼泪，把钱推回去，临走时之前还硬塞给人家五千元，说是给孩子买奶粉、买衣服。叫那对贫穷山区来的民工夫妻只剩下不停地说“好人、好人”的手足无措。

发生了那件事之后，你看了好多佛学的书，还写了有五十多篇感想。之后，没过一年，你第一次向师母提出离婚，劝师母能再往前走一步，还说自己做人不能太自私。然而师母回你一句：“我做人也不能那么自私。”结果没想到，到最后你选择了这种一走了之的办法。

再后来，当你得知自己得了淋巴癌之后，更坚定了离婚的决心。这世间有些感情，原来不是不爱，而是深爱，才有了让人费解的选择。

……

我们说，我们还能为老师做点什么。师母叹气说："什么也没必要了，我们也是才从医院回来三天，现在我只靠打杜冷丁给他止一点疼，他已拒绝进食了。他临走之前，能看见你们来，应该也是高兴满足的……"话未落地，便已泣不成声，我们也忍不住跟着大颗大颗地落泪。

本来欢腾热闹的同学聚会，氛围一下子变得沉重、沉默。我们没有想到与你的再次相遇，会是这样一种局面，你竟连一句话也对我们说不出了。

人世的无常，生命的脆弱不由的让我们深思、惋惜、慨叹。我们商量着给你搞个什么纪念，最后决定带你再回一次小城的高中。

师母叹息着说没必要折腾了吧，但我们终究是不死心，劝慰师母可不可以征求一下你的意见。我们在一张纸板上写下我们的想法，拿给你看。你努力地微笑，伸出手指向我们打了个OK 的手势。我们也笑了，却笑得那么心疼。

于是，我们商量着用什么样的车，带哪些东西，要不要再配个医生，能想到的各个方面都经过深思熟虑，然后跟镇上的中学联系，确定了行程。

当晚，回到宾馆后，我们没有再摆宴喝酒，只是订了简单的自助餐，商量着还能为你做点什么，难过地想：这也许是我们与你相见的最后一次了。

12

第二天清晨，我们起得很早，各自紧张地收拾忙碌，有人去花店拿昨天就订好的鲜花，有人去拿蛋糕，我们决定提前给你过一次生日，有的去接联系好随行的医生……

然而，我们出发前接到师母的电话，她哽咽着向我们通知：你走了。一车人，瞬间的沉默之后，有的面色沉重，有的已热泪盈眶，低声抽泣。

纪念就这样变成了吊唁。

你的葬礼，由当地教育局牵头主持成立了治丧工作小组，因为你是市里教育系统唯一援疆的人，理应享受这样的待遇。

为你送行的队伍在去殡仪馆的路上绵延了一公里，有市领导、有教育部门的组织人员，有一中的老师，你的同事、同学、朋友，还有一部分学生代表，有我们，还有听说了消息本来没赶上同学聚会的另外的两名同学，都是红着眼圈赶来的。

你就这样走了，永远地消失在我们的世界，你曾热爱过、也痛恨过、让你幸福过，也让你悲伤过的世界，只是这一切都将与你无关了。

你成了另外一个世界的人，尽管有关于那个世界那么多的传说，不管那个世界是好、是坏，只是我们已是确定的阴阳两隔。

来生，是个美好的词。人们赋予来生太多美好的想象与愿望，希望能弥补错过与遗憾，希望能再有彼此珍惜的机会。而如果真是可以那样，来生，我愿与你的再度相遇在同样的年纪，可好呢……

只是，别笑我那么天真。

再不堪的故乡，
也有一个家等着你

1

学武在我的婚纱店里做过半年的兼职，每天开着一辆小货车去各大饭店门口送彩虹门、气球、条幅，然后等人家欢喜热闹一场过后，他再完好地把那些东西拉回来，更换上面的名字，准备好下一家用。

学武一直是个沉默的人，不多话也不多事。我很喜欢这样的人，只知道低头做事，没什么不好。

可是，我没能给他更多的回报，因为我经营不善，只给他开了半年的工资。

但后来，学武的婚礼我去了。遭遇了一场几乎现场所有的人都落了泪的婚礼。

婚宴散场后，我跟学武一起去车站送他父亲。回来的路上，学武给我讲了他的故事，红着眼睛直掉眼泪。

我不想他这么一直哭下去：“我说，这大喜的日子，你哭个鸟呀。”

学武说：“我觉得我自己有些混蛋。”

2

学武说十一岁那年，他爸把一个叫春芳的肥胖女人领到了家里来，春芳递给他五十元钱，他爸在一旁说：“叫妈。”学武斜着眼看了看那五十元钱，说实话他很想要，但他抬起眼看春芳时，眼里却满是敌视的目光，叫她妈，凭啥？

况且，学武早就偷看见那五十元钱是他爸刚才塞到春芳手里的。这是他们的一场阴谋，他才不上当呢。

学武说，那天他跑到母亲的坟上哭了半天。母亲在棉田打农药意外中毒死亡刚不到半年，他爸就把这个女人娶回了家。从那天起，他恨上了他，决计不再理他。

尽管学武他爸不止一次“耐心”地劝学武，说：“你服个软，叫她声妈，她兴许会对你好点。”学武一直以无声地沉默来对抗。

后来，大概说多了也觉得麻木了，他爸也死心了就不再言语了，一切交给时间慢慢解决。

学武和春芳，起初是井水不犯河水，直到一年后，春芳添了一个儿子（小超），这种局面被打破，学武似乎成了一个多余的人，被春芳咆哮，被他爸忽略。

3

学武只有拼命地读书，考到县里最好的初中去上学，在那里住宿两个星期回一趟家，除了拿钱，与他们再无交集。

初中三年一晃而过，学武没有继续读高中想早早独立，所以报考了一所中专，并且选了一所离家千里之外的中专学校。当时，学武唯一的想法是离家越远越好，他下定了决心与这个令他厌恶、寒冷的家彻底告别。

上了中专以后，学武真的咬着牙没再花家里一分钱，尽管他爸给他寄过几次钱，但都被他如数退回去了。学武靠贫困生补助和四处打零工，支持了自己三年的学费、生活费。

毕业前夕，学武没想到他爸会来学校找他，他站在校门口像个进城寻亲的老头儿。

他爸说："武儿，你毕业了有什么打算？"

学武冷着脸说："我有什么打算也与你们无关，反正我是不想回那个家的。"

话落了地，他爸脸色难看，嘴唇不停地抽动："在你吧，有些事过去了，不能强求什么，但我还总是你爸爸，别忘了这个家，在外面遇到什么难处了，说一声……"

学武说他要忙着去找工作，就头也不回地走了。

4

时间不停，一眨眼六年过去，学武要结婚了。他对他女友说他爹娘都死了。可是女友无论如何都不肯相信，尤其是她的父母不肯相信。在苦苦追问之下，学武才说出真相与缘由。女友的父母说："再不行，那也是你的父母。总该通知一声。再说了，要是你们婚礼没你的父母在场，我们面子上很难做的……"

学武终于答应领女友回家一趟。

学武说等他回到家的时候，他没想到家里已成了另外一种样子。

春芳坐在门口的石阶上，穿了一身花花绿绿的像唱戏的衣服咧着嘴，流着口水正傻嗬嗬地笑……春芳这是怎么了？

学武怀着惊讶与疑惑走进院子，听到一声声“砰砰”的声音，他爸又操起了他的旧业，在屋里弹着棉花，见了学武领着个陌生人回来家里，一下子愣住了，瞅了老半天才恍然明白怎么回事，忙走出屋来，嘴里“啊啊”了两声，不知说什么好。他头发、胡子全都白了，比六年前见的那一面更苍老了，破了洞的衣服上沾满了棉絮，额头上的皱纹道道都像刀刻的一样，他慌忙不知所措地伸过来往堂屋里让人的双手裂着满手的血口子……

女友尴尬地不知如何言语，只是跟在学武身后。他爸从那个旧暖瓶里倒出了两碗混浊的开水，拘谨地说：“路上渴吧，渴了就喝点……我去镇上买肉，中午做饭吃……”说着往外走。

学武一把扯住他爸问：“春芳怎么了？”

他爸叹了口气：“傻了，都怪我，也怨她，把小超惯的不像样儿，上学不好好上，整天在外面胡混，和人打架动了刀子，让人捅死了……”

学武惊的脸刷一下子阴下来。

“春芳受不了刺激，就傻了……”他爸一句句地说着，不停地抬起又脏又破的袖子抹着眼泪……

原来，六年前，学武他爸去找他，就是小超出事的时候，但他爸见学武的态度那么冷淡、坚决、强硬，所以没开口对他说。

多年的生疏和乍一回来知道的这种状况，学武不知道该如何劝慰，只是说了句："你在家待着吧，我们去镇上买菜。"

学武和女友走出门口，春芳还坐在冰凉的石阶上流着口水傻笑。他奇怪，这次见到春芳，以前的那些恨怎么一下子都没有了。

学武和女友开车从镇上买回来的菜，足足塞满了后备箱，还给他爸买了一件羽绒服，也给春芳买了一件，红的。

5

学武他爸穿着新衣，像孩子一样的拘谨、欢喜、似乎还有羞愧，激动地竟然掉下眼泪。春芳也穿上红羽绒服，高兴得不行，还唱起了歌儿，冲着他们嚷："你们见着超超，记着捎信儿让他回来，我托人给他说了门媳妇呢……"学武不知道该怎么回答她。

临走时，学武把结婚的事给他爸说了。他爸沉默了半天说道："你看家里这个样子，春芳也离不开人，我们还是不去了吧。再说，我们这样去了怕给你丢人……”

学武无言以对，女友又打电话给父母，女友的父母说，那来一个也行。

学武去镇上给他爸买了一身西服，他爸把春芳托给村里一户善心的人照顾几天。

学武的婚礼上，他爸的脸一直在笑，只是有些拘谨。婚礼进行到喝改口茶环节，给改口红包的时候。学武的老婆把茶递到学武他爸面前去，他激动地喝了茶，然后往外掏红包。红包是学武预先给他准备好了的。

可是学武他爸却一下子掏出两个红包来。

他递过一个红包说：“这是我儿子早先给我准备的，我知道，我儿子疼我呢，但我不能短了礼，我有的，这份是我的。”说着又把另外一个红包递到学武爱人手里：“我这辈子没怎么好好疼我儿子，他吃了很多苦，现在他有家了，你要好好替我照顾他……”他嘴唇抽动，眼圈又红了。

学武老婆一下子傻了，学武也傻了，全场人都傻了，婚礼主持更傻，好在他随机应便，说：“好事成双，好事成双……”

但人们看到，学武哭了，台上坐着吃酒席的人们，有不少也红了眼圈。

婚礼结束，学武他爸急着要回家，说春芳一个人在家他不放心。学武叫我开车送。我们送老爷子上火车，临上车前，学武把一个老年手机递给他爸说：“家里有什么难处打个电话来。”

他爸颤抖着手接到手里，牢牢地攥着，然后往车上走，刚到门口，又转过身来，学武慌张地喊：“爸！咋？还有事？”

他爸说：“没事了，没事儿了。武儿，你好好过日子啊……”

学武“嗯”了一声，有些哽咽。

6

后来，我听说，学武想把他爸和春芳都接来，但学武他爸一直不肯。说在乡下一个人带着春芳更习惯。

学武说这话的时候，还面露一丝愧疚。我一下子觉得，学武成熟了许多。

后来，学武每两个月回一趟家，去看他爸，还有春芳。买回去一后备箱的东西，也捎回来一后备箱东西，学武买回去的，是衣服和药，捎回来的是他爸种的花生、红薯，还有他爸用新弹的棉花托人为他们一家做的新被子……

米粒的“葱花饼”

1

米粒大学毕业后，经过几番努力终于留在了她读了四年大学的城市。虽然米粒现在的工资还不算高，但米粒还是在心里怀揣了一个“伟大”的梦想——在这座城市里买一套属于自己的小房子。米粒相信只要自己坚持，总会有实现的那一天。所以，米粒一直很努力。

米粒的努力不仅仅在于工作勤恳、力求上进，不断升职加薪，米粒的努力还在于对自己近乎苛刻的节俭，衣食住行都降到几乎最低标准。米粒不羡慕“干得好不如嫁得好”，不天真地幻想“一朝嫁入豪门，终生享尽人间富贵”。尽管米粒不缺乏那份漂亮的资本。但一向自强、独立惯了的米粒还是觉得一切靠自己搏来，才有永远属于自己的那一份踏实，当然还有自尊。

在这家待遇还算优厚的公司工作已四年多，做事勤恳，一丝不苟，作风干练，终于修炼成了一个标准的高薪白领，成了不少姐妹羡慕的对象。可是绝少有人知道，米粒除了中午在单位吃规律不变的工作餐外，早晚的两顿饭基本没在外面吃过，都是自己动手做着吃，而饭谱也几乎是一成不变的：葱花饼配牛奶或速溶豆浆。米粒有一个从网上购买的小电饼铛，这是她唯一的厨具，米粒每个月都从附近的超市买一小袋十公斤的平价面粉，一桶 2 升的色拉油，一袋 1 斤的碘盐，隔三岔五顺路在菜市场买几棵葱，赶上超市打折或者促销的时候去买一箱纯牛奶、一大包速溶豆浆以及十几枚鸡蛋，一个月早、晚的两餐就这么有了着落。四年一直没变。

2

米粒不愿意与人合租，米粒住在五环外的一间地下室，每天早早起来在小搪瓷盆里和好面，把一小段儿葱切碎放进去，再打一个鸡蛋，洒上盐，面糊就准备好了，然后开了电饼铛，二分钟后，黄色的指示灯灭了，表明饼铛已热，米粒倒一点油在饼铛里，用小木铲把油抹匀，然后把面糊倒进去，再用小木铲把面糊摊平在饼铛里，盖上饼铛盖就不用再管它了，饼铛功能不错，饼熟了以后会自动断电保温。而这个空档，米粒可以去热牛奶或冲豆浆，收拾床铺。小小的 9 平方米的地下室，米粒收拾好的被褥、衣服都用塑料袋遮盖好，因为怕被饼铛里微弱的油烟熏上味儿。收拾好了房间，葱花饼刚好熟了，热好的牛奶或冲好的豆浆也刚好可以喝了，这个节奏，米粒一直把握得很好，十五分钟完美搞定，然后便是漱口，洗脸化妆，有条不紊地把自己收拾利落，然后对着墙上那块小玻璃镜给自己一个微笑，举起拳头说一声："米粒，加油。"

出门到地铁站，像一阵美丽的风融入这座大城市的忙碌节奏、不急不缓，从容有致。

米粒也有过一次爱情，大学时和同班一个男生交往三年，当初也想着两个人能落脚在这座城市，一起打拼。直到大四，临近毕业，要面对各种现实，退步到男友老家去考公务，寻一份还算体面安稳的工作，自己也做了为爱情牺牲梦想与男友同考同往的打算。

但毕业前的四个月，家中出了变故。在县城一中重点班教化学的爸爸毫无征兆地患了胰腺癌，没撑到米粒毕业就走了。本来一个安静温暖的小家一下子被这突如其来的意外摧塌分崩，遭受打击的母亲也一下子憔悴不堪，忧郁成疾，不得不向教学的学校请了两个月的病假，假后强打起精神，回到工作岗位上，并告诉米粒：“你只管好好学习，家里已然这样，再没什么可担心的，你必须好好努力，以后一切都要靠你自己了。”米粒咬着嘴唇，红着眼圈儿强忍着眼泪说：“妈，放心，我知道。”

而男友提出的要米粒跟他一块回老家的想法，米粒开始动摇了。男友的老家离自己的老家两千多公里。米粒清醒地明白，以母亲的脾气是绝对不会跟着她跑到那么远的地方生活的。而母亲现在又剩下什么呢，爸爸走了，她只有她这个女儿了。

毕业即分手，米粒比别人更多了一份回避不了的理由。米粒决定留在这座离家只有三百公里的城市，不管将来母亲来不来与她同住，她离母亲只是三个多小时的车程，总归觉得踏实方便。

3

米粒不是对异地恋没信心，男友也跟家里作了商量周旋，一番拉锯，男友的父亲还是坚持让男友回老家，男友的家教极严，父命难违。两个人和平的分手，有遗憾，没有眼泪，或者有眼泪，但也都交给了一些无奈的现实。

尽管，起初工作后的男友还会每个月都坐夜班飞机回来与米粒见面，但米粒劝他，又何必这么辛苦呢，不如把精力和财力都用到正事上，别让家里人失望。米粒说这话时，表现得异常的冷静，其实心里还是难抑那份酸楚，待送男友去机场，回来的路上，一个人守着地铁口，面对这座庞大而陌生的城市，独自流下孤单、悲伤的眼泪，把那份在男友面前拼命压抑隐藏的脆弱，通通都交给这份孤独，无助地释放。

再后来，工作渐渐稳定，收入也逐年增加，米粒更坚定了自己的选择与打算。米粒一直在按照自己的计划努力地攒钱，米粒计划用六年的时间攒够城郊一套小户型的首付，然后把母亲接来。她怕母亲一个人在家乡的小城待久了会待出问题，怕母亲再有什么不测。

爸爸走了，伤痛和遗憾已无从更改，她不想母亲再有什么不测。况且，母亲当真是一天比一天老了，比同龄人看起来要老十几岁。每次看了她那一头几近全白的凌乱头发、越来越深的皱纹、眉头始终拧着解不开的忧郁，米粒的心都被扯得一阵阵疼。米粒凭着超强的综合素质进入这家外企，并给自己定下目标，确切地说是“努力挣钱的目标”。四年多了，米粒没请过一次假，只要有加班的机会，她都是第一个主动申请，没有老板不喜欢努力的员工，何况米粒能干又这么拼命。米粒升职加薪也是再自然不过的事了。对自己的目标，米粒也信心满满，开源节流，是米粒生活规划的基本思想。苦一点，怕什么，总会有美好的一天的，只要自己够努力。

米粒觉得，每天吃葱花饼也没什么不好，简单又有营养，还能省下不少钱。这做葱花饼的手艺还是从母亲那里学来的，真要感谢母亲教了她这么一手“绝活儿”，让她可以在这庞大陌生的城市不饿、不冷，有味、有暖。

4

米粒打电话给母亲说自己要努力挣够一套城郊房子的首付，赶在母亲退休前把房子买到手，然后把母亲接来。母亲说：“买不买房的不是必须，只要你在单位能混得好，安安稳稳的就不错。”但米粒却固执地坚持，母亲也再没唠叨什么。

现在，钱终于攒得差不多了，米粒数了数自己那些存单上的数字，然后去城郊看了一套 60 多平方米、两居室小户型的房子，心里有了底。“五一”放假，米粒决定给自己的人生放第一个假，然后带着母亲来看房子，交定金，办首付。

米粒没有提前打电话给母亲说自己回来了，她打算给母亲一个惊喜。

米粒坐了火车，然后又在市区坐了三元的城际公交回到小城，已是凌晨五点半。米粒回到家，拿出钥匙轻轻开了门，但家里却好像没有人的样子。米粒推开母亲的卧室，床上的被子叠得整整齐齐。米粒心想母亲可能是去广场遛弯去了，放下东西，便又出了门，想到广场找母亲。

刚下了楼，在小区里碰到了正从早市买菜回来的张奶奶，米粒上前打招呼，张奶奶一愣，然后惊喜道："米粒呀，哟，真是出落成大姑娘呀，这么漂亮，气质还好，一看就是从大城市回来的，听你妈说你在那外国人的公司一个月挣一万多呢是吧，真有出息。"

米粒忙跟着客气："哪里呀，也就最近这两年挣得多一点，以前就挣几千元。"

"哟，那也不错了，你是我们这小区最有出息的姑娘了。可就这样，你看你妈还不知足呢，天天早上还去卖早点挣零花，你们娘俩儿呀都是过日子心胜的人……"张奶奶不停地说着。米粒心里却惊讶、疑惑起来：卖早点，母亲卖什么早点呀？

“你妈生意还不错呢？好多人都排着队买你妈的早点呢。一个月下来，也不比工资少……”大嗓门儿的张奶奶还笑呵呵地继续说着。米粒客气地跟张奶奶道别，说去给母亲帮下忙。

米粒找了好几个街口，终于在新华南街的十字街口看到母亲，母亲戴着一顶洗得已经有些发黄的白餐帽，系着长长的卡通图案的布围裙正在那个小餐车前应接不暇地忙活着，有六七个人在那里排着队。看着餐车顶上那个小小的“招牌”，写着“葱花饼”三个字，米粒的眼眼泪一下子就流了下来……

5

米粒怎么也止不住自己的眼泪，所以不敢跑上前去找母亲，她怕自己狼狈的样子被母亲看到，更怕影响了母亲的生意。她就一直在那儿站着、哭着，看着母亲的忙忙碌碌，直到街上的人渐渐稀少，母亲准备收摊回家。米粒才拿出纸巾，努力地擦净脸上的泪痕，然后跑过路口去。

母亲显然被突然到来的米粒吓到，脸上满是惊惑的表情，像是担心米粒出了什么状况。米粒努力地笑着：“妈，你还真能干，做上生意了。”

看着一脸嬉笑的米粒，母亲脸上紧张的表情才松懈下来，问：“怎么这么早回来？”米粒说是没买着白天的票，坐的晚上的火车。

米粒替母亲推着小餐车往家走。母亲说早起出这个小餐车也不耽误什么事。工作上，学校照顾自己年龄大了，不安排上课了，在后勤处挂个闲差，不累。每天自己都醒的早，在家里也怪闷的。其实米粒心里完全清楚母亲想要解释什么，她就是不想让米粒心里别扭、难过，一个有正式工作，挣着财政工资的人民教师卖早点，在观念陈旧的小城，多多少少是会遭遇一些另类的眼光的。

回到家，母亲说还剩下点面，我们就自己烙葱花饼吃吧，要不也是浪费了。米粒忙抢着说：“我来、我来，我也会，你歇会儿去吧……”

米粒洗了手，然后轻车熟路地烙着葱花饼，烙着烙着，竟然有眼泪滴在饼铛里……

母亲这几年的早餐原来也和自己是一样的，把卖剩下的面做了自己吃。

米粒跟母亲说了去买房的事，母亲拿出存折交给米粒：“不多，除了工资，每天早起出这个小摊，多攒了几万，剩下的你自己再想办法吧。”

米粒看着那上面的数字，惊讶地说：“够了、够了，这完全够了，我自己的就够交首付的，你这钱你自己留着吧。”

“首付还有什么够不够的，你别贷那么多款了就。要紧的是，你赶紧找个对象吧，也老大不小了，等妈退休了，趁着还不那么老，给你去带孩子……”米粒听着母亲一句、一句地唠叨，热热的眼泪一大颗、一大颗地掉下来，连忙站起身来，扭过脸去，走向卫生间，装着若无其事的样子。

米粒在卫生间里，对着镜子拼命地洗脸，却怎么也洗不掉那一行行止不住的泪水……

6

米粒的眼圈已肿胀得通红。这时候，电话响起，米粒浑身一个激灵。

已有半年，基本没有联系过的男友，不知怎么又打来电话。不是情侣，还是朋友，所以米粒把电话接了。

男友口气平静地问米粒最近工作怎样，身体怎样，吞吞吐吐问到最后，还是问了那句：“你现在还是一个人？”

米粒沉默良久，说了“嗯”，眼泪又一阵涌上来的那一刻，米粒也听到了电话那头儿，男友低声的啜泣。

男友说：“米粒，你等着我，我回去。我考了滨大的研究生，这次家里没有再固执的阻拦……”

米粒握着电话泪如泉涌，但心里却一下子装进了满满的幸福……

不是这个世界上有多少败给现实的爱情，也不是这个世界上有多少败给残酷的梦想，而是有那么多，一转身，此生便红尘遥远的苟且和那么多认命屈从的“算了吧”的随波逐流。总有一些梦想成真幸运地降临到矢志不渝的坚持的人身上。

老天的慈悲，总是留给那些虔诚、勇敢、坚强的人。梦想、责任、爱情，都一样。

欠你的浪漫，余生慢慢还

1

亲爱的，感谢时光让你遇见我；亲爱的，感谢命运让你爱上我；亲爱的，感谢人生旅途有你最温暖的陪伴。不管我曾多么冷漠，多么让你暗自悲伤落寞，请忘记那些不快与悲伤，原谅我年少无知的倔强。直到有一天我终于明白：你是那么坚定选择一生陪伴我的人，陪伴我的孤独，包括我为了远方，不甘心的坏脾气，我已再没有任何理由，看着你一个人寂寞悲伤。

虽然我们错过了一场风花雪月的浪漫，但是还有长长的一生呀，我愿用余生慢慢还。

他与她便是这样。媒人介绍他们认识的时候，他和她都成了当地的大龄“剩男、剩女”。他是因为不甘心呆在那个小城不起眼的中学，一直在考研，每天除了上课，就是把自己关在宿舍里啃书，有人介绍对象，他就说还不急，这一句“不急”说了六年，考研的结果却都是失败，他开始变得沮丧、颓废，更加自闭，婚事自然也就耽误了。

她虽然也是师范学校毕业，但却一直在后勤处管理卫生。因为她个子矮、模样普通，性格又温吞，学生既不喜欢她、也不怕她，第一次登台讲课被调皮的学生轰下讲台，从那以后就再没进过教室上课，也一直没找到合适的对象。

2

那天，班里的一个学生家长请客，喝得酩酊大醉的他躺倒在学校宿舍的门口，好心地邻居大嫂把他搀进屋子，叹一句：“你说你这好人好样的，怎么就过成了这种日子……”醉眼之中，想起头发花白的母亲不止一次佝偻着身子从村里赶到学校劝他：“川儿，咱别考了，找个人结婚吧，人总是要过日子的……”他咧嘴苦笑，心痛如割……

第二天清早，邻居大嫂叫他去家里喝粥，进了门，另一个人也在，让他惊出一身冷汗。

邻居大嫂扯过他说：“陆川，听嫂子一句劝。小静这人其实挺不错的，你们谈谈吧……”然后转身出了门。其实当初有人给他介绍她，而当时正雄心勃勃考研的他恼怒地紫了脸、红了脖子，差点把当初那个介绍人给骂出屋去，感觉自己受了轻贱。现在好心的邻居大嫂又热心撮合，碍于情面，他没有再直言拒绝。看着小静不时地抬头看他一两眼又慌忙地低首扯着衣角的样子，他说："我这个人什么情况你也知道，如果你不嫌弃，咱俩就先处着吧……"

其实他是想维持一段不冷不热的时间，然后就以不合适婉拒算了。所以，他几乎没主动去找过小静，倒是小静开始每天都来照顾他的生活，把他的啤酒和泡面都收走去小卖部退掉了，然后到集市上买回菜、肉来做给他吃，只淡淡地说一句："光吃那个把身体都吃坏了，这样咱俩搭伙吃还能节省一些呢。"她又偷偷地把他的被罩、褥单、衣服，甚至内衣袜子都一并洗了，他上课回来后惶恐不已，说："以后我的东西我自己洗。"她红着脸低首不语。而宿舍区的同事们看到小静在屋外晾晒衣服的情景都笑说："看来这俩人有戏了。"

而他从此后只好故意躲着她，下了课不回宿舍，而是一天天地跑到操场上打篮球。

这天下午，他一不小心在球场上摔倒把脚扭伤了，一瘸一拐地往宿舍走，而此时正去锅炉房打开水回来的她看见他这样，忙扔了暖瓶过来扶他。他只说："没事、没事"，她却焦急地手忙脚乱，让他坐下别动，然后匆匆跑去医务室为他买正骨水。她跑回来的时候，他已自己走回宿舍坐在门口的台阶上痛得龇牙咧嘴。她扶他进屋坐到椅子上，然后打来一脸盆冷水，又把一个塑料袋里的冰块倒进去，把他的那双大脚摁到了盆里，一句句地说着："大夫说二十四小时内冷敷，二十四小时后热敷……"

那一刻，他有了一点小小的心动。

第二天，他的脚还是肿成了面包，她换着一条条热水浸泡的毛巾抱着他的脚为他热敷时，他口气柔软地说出那句："小静，其实不用这样的，我们……"话还没说完，小静猛地抬头直直地看着他，让他戛然把那后半句怯懦地咽了下去，小静早已红透的眼睛里滚出泪来，滴在他的脚上，冰凉，他却感觉滚烫、滚烫……

3

结婚的前夕，他去小静家商量事情。小静娘正坐在炕上不停针地忙着做被子。小静说："娘，你象征性做两套就行了。我们哪里用得了那么多……"

小静娘说："那可不行，得给你做够十铺十盖。"

"啊！"小静瞪大眼睛："娘，你不会真是给我做一辈子用的被子吧？"

娘说："被子、被子，就是给你做一辈子用的被子。这样是要你一辈子都过得好好的……"小静一下子不语，脸红，而站在小静旁边的他，心也震了一下，感觉好像多了什么东西。

婚后的生活是平静而琐碎的，波澜不惊。他没觉着幸福、也没觉着不幸福，他只是知道自己有了一份让别人看起来已算正常的生活，早已对前途失去信心的他渐渐蛰伏于这种无色无味的日子。只是偶尔不安的心还是会忐忑、焦虑，迫切地需要为自己的感情找一个出口，他开始扎进书堆儿啃一些大部头的文字，开始订一些畅销的杂志消遣时光，似乎只有这样，那颗心才能平和平稳。而她一直默默无声地把他伺候得像个"老爷"。

不久之后，订阅的杂志上一个栏目的征文让他心动手痒，胡乱写了几笔投出去，本没想怎么着，不料编辑却打来电话，问他是否愿意再费心修改一下。当然那些"文笔不错"之类的话还是让他有了些傻傻的小欢喜。稿子被征用了，他得到 25 元稿费。从那以后，他开始不停地写、不间断地投，却都如石沉大海、杳无音讯。沮丧、焦躁又开始覆盖、包裹了他，他开始无端地发脾气、抽烟、酗酒……她有些怕，温温吞吞地劝说过他几句，便再不敢说什么。他做的事，她不懂、也帮不上忙，她只是如常地做好家里油盐柴米的琐事，不声不响。

4

稿子还在写、还在投，渐渐地有些豆腐块大小的内容登上当地的报纸。只是那些稿费却少得可怜：5 元、8 元，让他有点失望，感觉自己的价值还不如学校门口摆摊儿修鞋的老头儿。而同事们却时常打趣地称呼他“作家”，让他哭笑不得。只有他自己知道那点稿费真的还不够纸笔、信封、邮票钱，更不用说他那越来越勤的烟酒钱。所以后来再来了稿费单，他就干脆连看都不再看，直接丢给她说：“你去取了，买把菜算了。”

直到那年的夏天，一家杂志社打来电话说他的文章被评了一等奖，有 3000 元钱的奖金，还免费邀请他去参加笔会，他才有了如见天日般的欢喜，“范进中举”般地癫狂。那天，他捺不住激动把这个消息告诉她时，她也同样惊讶地欢喜。

那是他头一次看见她在他面前像个孩子一样的笑……

她手脚不停、忙忙活活地上街买菜、回家做饭，叫上邻居大哥、大嫂一起喝酒吃饭，说："我们家陆川中了个奖……"那言语之间有着毫不掩饰的骄傲。

一番饭间的热闹之后，邻居一家扶得醉人归，他喝得也有点多，却感觉自己还没醉，因为高兴。她脸上挂着落不下去的笑，一样一样地收拾停当之后，转身从衣橱里掏出一个米白的帆布袋子，走到跟前来，一把扯过他说："起来，给你试试……"

拉开拉链，她手里拿的是一套暗灰格的西装、一件纯白衬衫、还有领带。

他惊问："你什么时候买的，哪来的钱……"

她笑："这是你自己的钱，你挣的那些稿费一直都给你攒着的……"他的眼顿时有些胀热，却不知如何开口，只是不知所措任由她为他换衣……

5

换好之后，她把他拉到镜子跟前说："看，精神不精神。"他竟然有些害羞，不是为自己穿了新衣，而是为自己一直以来的颓丧、麻木、冷漠……

她突然地就从刚才还孩子般地欢喜之中沉静下去，温柔地把头伏进他的怀里，低声地道："我就喜欢看你现在的这个样子，多好，要一辈子都这样才好……"

他身体也随着心里翻腾的温热渐渐暖了，他抱紧她，她更抱紧了他……

他把她引到床前，替她把鞋子脱掉的那一刻，眼前的一幕刺得他双眼生疼、刺得他的心生疼……

因为她的那双或许连自己都不知穿了几年的袜子补着醒目的补丁……

他终于没能忍住，在又一次抱紧她之中泪落如雨……

这世间有太多浪漫的爱情，这世间有更多世俗的婚姻。他与她没能有幸成为前者，他们是机缘凑巧的后者，但她那颗不语的衷心其实一直都滚烫，直到他能明白。

这已足够胜过一切，足够让他们可以相陪到老……

最后那场秋雨

1

这个秋天，比往时结束的稍微早了一些，十月还未转身，已是冰冷蚀骨，街上穿行的影子，像赶着冬天奔跑的追逐者，步履匆匆，路也匆匆。最后一场秋雨，像迟到的过客，淅沥着来路的疲惫，裹满一身乡愁。

“或者”裹着那件领口早已洗得发白的蓝色毛衣，站在街角那一对树下，满目潇潇。他之所以给自己起了“或者”这个网名，是因为觉得人生和这个世界总是充满这样或那样的错过、遗憾，又或者期望。比如“或者这样呢……那结局便不一样。”“或者那样呢……也许是另外一番光景。”后来，他终于明白，“或者”这个词，其实是太不甘心，是依然痴拙，想与曾经换一个奇迹。

街角的一对树，之所以称作是一对，是因为他们连根长在一起，就像一对情侣，朝夕四季，年久不分。当年，晴子戴着绿色的围巾，就在这对树下等他。

十月的秋风，穿越城市，路的两旁，落叶纷纷，像因为痴情而飞了一生的蝴蝶，终于疲惫，愿用余生换一次告别的拥抱。晴子戴着“或者”送他的那双五彩的线织手套，把一枚枚心形的叶子装满那只黑绒的布囊，那只布囊曾经是一台 MP5 的“衣裳”，可惜丢了，不知谁人捡到，看到了里面“或者”与晴子“嘻嘻、哈哈”的自拍，还有变了形的“大头照”，全是两个人孩子般的天真，当然最重要的是：温暖。MP5 丢了，但晴子却不忍丢掉这个布囊，好像这个布囊突然有那么一天还会找到它的孩子。

那双五彩线织的手套分外灵巧，它有一个“机关”，头上是一顶帽子，可以翻开，翻开来，就露出可以伸出半截手指的指套。晴子，在一家文印公司上班，每天的工作，除了打字还是打字，到了冬天，常常冷得手指僵硬，不能键字如飞。于是，“或者”就给她买了这双手套，一物两用，工作时，翻开手套上的“帽子”，套着的半截手套，恰好刚刚露出指肚，方便工作。不忙的时候，或走到街上，再把手套的“帽子”盖上，手指全包在了里面，若遇到风雪，用它捂捂耳朵，双颊温暖……

晴子很喜欢这个灵巧的手套，她对“或者”说：“这不是手套，这是一个娃娃。”听得“或者”也一脸的温暖，他的晴子也像个娃娃一样，万般可爱。

2

“或者”在一家网络公司做程序员，每天的工作也是单一机械的重复，常常因为加班拖延约会。晴子只好等他，就站在他公司楼下的那一对树下，等得很耐心，一直等了三年。

晴子后来给那对树起了一个名字，叫“情人树”，因为晴子觉得它们注定此生今世，永不分离。只是不知道这世间的爱情，能不能如这样万般美好。

三年很短，来不及计算忙碌；三年很长，晴子没有等来一场婚礼。

那个秋天，和今年一样，好像着急结束，天那么冷，好像一迈步，就是冬天。晴子在羊绒衫店给“或者”挑了这件厚厚的蓝色毛衣，站在那对树下，等依如常日加班的“或者”。

“或者”终于从大楼的门口跑出来，然后拥着晴子一路奔跑跨过天桥，站到那个叫“幸福路”的公交站牌前，等着坐最后一班车，开往他们温暖的小家。

当晚，一切如常。到了第二天清晨，晴子说请了假，要回老家看看。“或者”问：“不过年，不过节，怎么突然想回家了？”

晴子神情落寞默然，说：“就是突然想回家了，想回家看看妈妈。”

“或者”一脸窘慌：“你该早说，我好提前买好礼物。”

晴子说：“不用，我都买好了，你那么忙，不好打乱你的秩序。”

“或者”一脸的歉意，说：“那你钱够不够？”说着从钱夹里掏出两千元钱。

晴子推回去，说：“不用。我有，前天刚发的工资。”

“或者”给了晴子一个大大的温暖拥抱，说：“那早去早回。”

多年以后，“或者”万分痛悔，痛悔自己不懂得、也没有分外地在意一个女孩子说突然想家了，代表着什么。

3

晴子走了，便没有回来。直到“或者”看不到晴子的 QQ

留言，直到“或者”打不通晴子的电话。

“或者”不顾老板的咆哮和同事的劝阻，毅然请假，老板不允，他就干脆辞职，连夜坐了火车，赶往晴子的老家。

可“或者”看到的却是晴子在医院里落了一床的头发——晴子在做化疗。

晴子父母对“或者”这个突如其来的“外人”惊愕、埋怨、直到不屑，赶他走。

“或者”一直在内心里挣扎，“晴子，你干什么这么傻？”也不停地骂自己实在太混蛋了，晴子一眼的泪水，不作一字回答。

在医院楼道里徘徊的“或者”终于收到晴子的短信：“回去吧，我这个病太烧钱，不值得再做无谓的浪费。”

晴子知道“或者”一直在拼命攒一座燕郊66平方米、小两居房子的首付，“或者”说等攒够了，娶她，但晴子也没料到自己会等不到那一天。

一切来得突然，又无法更改。但晴子想不能烧掉“或者”几近拼命换来的那三十几万元钱。

“或者”还是执意分几次把从银行取出来的钱给晴子送去，晴子的父母态度也有所缓和。天下的父母，哪个不希望为病重的孩子抢一份机会呢？哪怕，他们明明知道，那个机会也仅仅只是个机会。

晴子终于没熬过五个月，最后努力微笑着向所有人作了告别。

晴子的父母在医院的楼道，哭得撕心裂肺，“或者”也泪雨滂沱。

时光一晃两年。

现在，又一个急着要走的秋天，“或者”穿着那件领口早已洗得发白的毛衣，站在街角的那对“情人树”下，满目萧然，看着街上不停穿行的影子，来去匆匆，一切匆匆……

“或者”的衣兜里揣着那双五彩的线织手套，那是晴子留给他的唯一，爱的遗物……

当初为爱背井离乡，就是坚信能够得到那份白头到老

1

当初义无反顾地为你背弃所有，不就是坚定地相信了那份来之不易的爱情吗？不就是不怀疑丝毫地认定你就是此生遇到的那个对的人吗？

希望所做的这一切，终会换来那一个“择一城终老，随一人白首”的愿望；希望不管贫困贵贱，风雪征途还是烟火平常，都可以朝夕能相伴，生死都相依，不离不弃，不厌不烦，白头到老。

只是如若当初的夙愿，都被现实的坚硬打败，你还如何叫我心怀温柔地继续坚定原本此生早已准备好万难不破，万金不换的诺言。

2

2009 年的夏天，吴立和孙芳大学毕业，他们像所有的师兄师弟、学姐学妹一样，都希望通过四年的努力，能留在这座他们已经喜欢，并慢慢习惯了的城市。为梦想、为爱情，都是足够充分的理由，哪一份难得相遇的爱情，不是抱着“择一城终老，随一人白首”的美好希望呢。

吴立和孙芳这样的期望比他们更大，因为他们都是从家乡小城小镇十年寒窗苦读考到大城市里来的，他们比任何人都更希望在一座城，落地生根，日久年长。

吴立和孙芳的爱情，不惊天动地，也没那么多精彩浪漫，但却是彼此最用心的在意，尤其对孙芳来说，更是如此。一个来自偏远乡下，也不漂亮的女孩儿，在大学美女成林的万花丛中，还能得到一份真心宝贵的爱情，她是用全部的生命来对待的。初到大学的时候，孙芳穿着简朴，行装简陋，衣服几乎都是亲戚们为她考上大学送的礼物，虽然多是在县城最好的超市买的，但都是清一水的不知名的牌子。孙芳也没有那些瓶瓶罐罐的化妆品，有的只是一瓶再普通不过的洗面奶。当然她也没有笔记本电脑，手机倒是有的，是舅舅送的一款平板三星的，非智能型。

初入学的那段日子，孙芳曾一度为自己的穷窘在女生宿舍里自卑寡言，不是她爱羡虚荣，只是她觉得自己在她们当中好像是个另类。所以她只好埋头用功学习，低头走路，悄无声息地存在。

很快到了大二，好多女孩子基本都谈了恋爱，每天花枝招展，整个人洋溢着甜蜜的幸福。而孙芳却还在每天晚上、每个周六日去一家辅导机构做初中学生的课业辅导，每月辛苦地挣那六百元的生活费。和吴立结识，也就是在那家辅导机构，吴立教数学，她教外语。学校离辅导机构有三站地的路程，起初孙芳都是提早走着过去，晚上九点做完辅导，再跑着回学校宿舍，赶上天气不好的时候，才忍痛打出租车。在辅导机构做了两个月，和吴立也有了一些闲话的交流，那时正值冬天，天黑得很早，晚上九点差不多就像已到半夜，街上行人渐少。吴立知道孙芳每天步行来往，但起初不好张口说什么，怕伤了一个本来自卑可能自尊更强的女孩儿，但那天寒风刺骨，雪夜茫茫，看着出了辅导机构，走到门口，不禁浑身打着冷战的孙芳，终于说出了那句："上来吧，我载你回去。天太冷了，路又滑，不安全。”

孙芳本想客气地拒绝，但话到嘴边却还是说出了：“那真是要感谢你。”

吴立骑着一辆电动车，载着孙芳回了学校公寓。虽然雪花还是肆虐地扑脸，冰凉冰凉的，但总好过一个人迎风冒雪，现在有这么一个人的后背为自己遮挡着前面的风雪，心里倒也生出一份暖意。

吴立不高不帅、相貌平常，但憨厚善良，让人心里有甘愿依赖的踏实。两个人的爱情就这么发芽展叶，吐苞开花了。每晚到了去上课的时间，相约在学生公寓门口相见，然后一车两人，去挣各自己所需的生活费用，每晚结束了辛苦，两个人又踏上返程，一路上，有时话多、有时话少。有时赶上时间紧迫，没来得及吃饭，吴立就带孙芳去吃一碗麻辣烫，或者吃一碗土豆粉，或者在街边的小店买杯热气腾腾的奶茶，也能喝出满满的温暖。发工资的时候，两个人也会像孩子般地犒劳一下自己，去吃 28 元一位的平价火锅。

没有鲜花，没有名品皮包，没有演唱会的门票，没有旅行，他们就这么平平常常，也有自己的一份相依相暖。

爱情，也许最好的状态，不是我有多么疯狂地爱你，多么惊天动地的追求，多么浪漫的风花雪月，而是你在、我也在，相伴左右，不离不弃。

3

他们终于不堪重负，决定离开这座城市。吴立家里的意见是让吴立回家乡考公务员，这样买房结婚家里的压力都能减倍。再说，离家近，有人脉，也好发展，将来结婚了，相互照顾也是方便的。这么想，没有错，但若是双方父母都这样想，那便会产生分歧。孙芳那边说去她那边，吴立这边说去他这边。

直到后来，孙芳的父母得知吴立也不过是个农村出来的穷小子，担心女儿这辈子不会有好的生活，生活不是谈情说爱，生活是漫长的一辈子。便生了让孙芳回家的想法，说是托亲友关系在老家县城给孙芳联系了一家高中，待遇在当地都是极好的。面对家长的要求，孙芳不是不理解父母的苦心，但要她放弃两个人的爱情，她还是做不到，本来好不容易的好好爱着，说分手就分手，总是太残酷，残酷到自己不能接受，也怕从此再也不相信有什么天荒地老的爱情，那样的人生就算过上锦衣玉食的无忧日子，又有什么生趣呢？

孙芳最后跟父母达成相互让步的意见：两个人都考，都考上了，分；都考不上，也分；若一方考上了，哪方考上了，就去哪方的家乡。

其实这不过是一个缓兵之计的善意谎言。第一年报考，只吴立一个人报了，孙芳根本就没有报。他们的想法是，假若吴立考上了，就去吴立的家乡，如果没考上，来年孙芳再考自己家乡的公务员，若考上，就让吴立随孙芳去她的家乡，这一点，吴立是同意了的。这样的想法，不仅仅是对双方家庭的一个交待，也是两个人互相体谅的迁就。

好在，吴立争气，真给考上了，并且考的还是家乡不错的省城的直属机构单位。

两个人皆大欢喜，孙芳也有了搪塞父母的理由。虽然父母还是心有不甘，加之那份女儿一辈子远嫁千里之外的不舍，但最终还是同意了。

4

很快他们谈婚论嫁。

孙芳的父母要求怎么也得买套房子吧，哪怕小点，结婚毕竟不是两个小孩过家家，将来生儿育女，必定是需要一片安稳的屋檐的。

虽说在省城买房不像京城那么不可想象，但房价也不低，这对于吴立的家庭，就算几十万的首付也是一时拿不出来的。

到了这个节口，孙芳的父母态度坚决，似乎还想为把女儿留回家乡做最后的谈判，也是为女儿争取以后婚姻的保障。天下没有哪一个父母，是希望女儿结了婚还过苦哈哈的日子。为此，孙芳的父母还说了由吴立家买房，她们家负责装修，买家具，还强调这是做了最大的付出的，他们那里还没有这么嫁闺女的。

孙芳和吴立转了足足半个月的楼盘，孙芳问吴立家到底能拿出多少钱来，吴立这才道出实情，四十万的首付还真是拿不出来的。

两个人都沉默到近乎绝望的无语。

最终，好在用另一个办法解决了。吴立的一个姑姑原本在省城，后来随丈夫调到了山西。姑姑在省城有一套七十多平方米的小房子空了下来，一时也难以卖出。姑姑说就让他们在那套房子里结婚，至于如何向孙芳的父母交待，要吴立好好跟孙芳说，也让孙芳先撒个谎跟父母说那房子就是买的，权且这样，等过两年，有了条件再买。

吴立说得费劲，孙芳也听得尴尬，但孙芳最后还是同意了，说只要两个人好好努力，自己的房子迟几年再买，也没什么。只是觉得这么对父母撒谎，心有不安。

结婚的时候，吴立在省城一家宾馆迎取的孙芳，当下两个相隔千里家庭的嫁娶，基本也都是这个方式。一家不大的饭店，为了节省，婚宴压缩到了六桌，双方来的都是顶要紧的亲戚。

婚礼仪式上，两个人没有激动的幸福甜蜜，只剩下按部就班的紧张应对，但在婚礼主持要求父母儿女相互拥抱时，两对老人，两对新人还都是落了泪。孙芳的妈妈先捂着脸哭了，紧紧地抱着孙芳拼命压抑哭声，好像从此这个远嫁千里之外的女儿不再属于自己了。吴立的母亲也在哭，好像觉得自己没能力为儿子置办上一套属于自家的婚房，只剩下万般困难之下的愧疚。

孙芳的父亲，也在一旁不时地抬手拭着红肿的眼睛，到最后上前和吴立的父亲紧紧握手，像是对女儿最后的重托。

孙芳父母临行告别的时候，孙芳的父亲拿出一张存折，说："闺女，你们买的是二手房，没大装修，我们没添多少钱，这六万你自己拿着，以后的日子别太苦着自己……"孙芳听到这话，眼泪一下子夺眶泉涌，只哽咽着推说不要，说两个人会好好努力挣钱，但父母怎么能接受子女的推让拒绝，一把把存折塞在女儿手里，心中像有万言，却只说了最后一句：“好好过日子吧……”

5

吴立在那家机关单位勤恳工作，不敢有丝毫懈怠，孙芳应聘到一家私立学校，也每天紧张地工作。两人都有压力辛苦，但好在两人对未来的生活都充满信心。

况且，一年半后，可爱的儿子出生了，为这个小家增添了生气，也增添了温暖快乐。日子虽然依旧紧张，但似乎更有了奔头儿。

然而，两个人还是渐渐有了争吵。孙芳续约的学校作息紧张与吴立在单位混得不如意，让两个人心里都不可避免地积压了烦燥的火气。

吴立的单位是个清水衙门，工资不高。尽管这几年吴立想尽一切办法攒钱、挣钱，微薄的工资甚至放下身架去打一些零工，什么活儿都干了，生活节省到抽两元钱一包的烟，十年来基本没买过新衣服。生活里只剩下拼命挣钱、攒钱两件事。

可还是被同事、同学、哥们儿、朋友，还有这个社会远远地抛在了后面。眼看着别人一个个升迁的升迁，发财的发财，换房的换房，买车的买车，而他还在原地不动。面子已无从可言，压力更让他不堪负重。

自己就是个地地道道的农民子弟进城的“贫二代”，却还要必须去适应城里人的各种规则：养家、养孩子、应酬大小红事白事、看望病人、交际朋友，全得靠他们每月那点微薄的“死工资”。连小区门口修自行车的师傅喝醉了酒都得意地说：“这年头儿，就是富了摆摊儿的、穷了上班的，好汉不挣有数的钱。”

一开始吴立听着这话不屑，后来听着这话就像是讽刺，再后来听着这话几乎就是真理了。吴立也困惑难受，日子怎么就过成了这个样子。社会专家说这是一个浮躁的时代，而吴立却琢磨不出来这到底怨谁：是这个时代浮躁了他们，还是他们浮躁了这个时代。

每天循规蹈矩却又紧张忙碌、大忧小愁却又不见起色的日子真是越过越憋屈、越过越没滋味。有怨气、有恼怒，在外面只能忍着，要不就会得罪人、惹娄子，而这气也就只能撒到家里了，两个人的争吵与日俱增，且从难以左右的大事发展到无足轻重的鸡毛蒜皮的小事上来。

就像今天，借着一盘剩菜的事，引发了一场不小的战争。

跟孙芳吵架是因为一盘菜。说是一盘菜，也不是一盘菜，这盘菜不过是憋在心里肝火的一个触发点。

在工作上受了点小挫折的吴立中午回家吃饭，一眼瞅见饭桌上的菜，立马就暴跳如雷起来：“跟你说过一千遍了，你这脑子怎么就不能长点记性，你脑袋让门挤了还是让驴踢了……”

五岁的儿子刚伸进菜盘子里的筷子立马像被孙悟空施了“定”魔法，随后吓坏了似的将筷子缩回怀里，表情恐慌呆愣，不知所措……

孙芳涨红了脸想说什么，又没说出口，强压着被挑剔激怒的火气。孙芳明白，吴立这些日子心里不痛快。

不痛快的原因是吴立想今年无论如何也要买套房，而钱凑不够。结婚六年，他们还住在姑姑的房子里。而眼下手里节衣缩食的存款，加上公积金贷款，再加上吴立亲戚已答应借给他的一部分，还是不够首付。对这个打算，结了婚以后的孙芳的态度不再是像结婚前那样，觉得房子就是自己渴望的一个家。原本，她也不是那么强求的人，一切可以随和，要不是这份随合，当初她也不会义无反顾地忠于他们的爱情。现在，她想的是，有吴立在、有孩子在，日子苦一点也没什么，毕竟他们有了一个完完整整的家。

倒是吴立一直觉得亏欠为他背井离乡的孙芳一个家。

6

吴立想着，先贷款交首付，买了再说，为孩子，就得勒紧了命往上冲，总会冲到大路平坦的那一天。

其实两个人真正的矛盾不是这个，而是吴立想让孙芳也找她的亲戚借一部分钱，但遭到了孙芳的极力反对。当初，住进姑姑家这个房子结婚对父母撒谎的谎已然成谎，而现在又要她回家伸手要钱，又编一个什么谎呢？再说，就算找到了合理的借口，年迈的父母会作何感想呢？自己的女儿活得这么难，是不是真后悔了当初的决定，不该那么轻易地放女儿走。

他们的争吵不断增加，并且升级。

今天，因为这盘菜，吴立嘴里的话，仍像不肯罢休的喷火的机关枪嘟嘟个不停："你不知道长期吃剩菜会得癌症吗？你不知道剩菜会产生亚硝酸盐，是致癌物质吗？你上了那些年学都干嘛去了，怎么跟个农村老太太没什么区别？我看你这臭毛病、恶习就是从你们家带来的，遗传。什么家出什么人儿……"吴立依然张狂着脸一个劲地数落指责。就是最后这句话把孙芳彻底给惹急了，她也跳了起来："我们家人怎么了，我们家吃了这么多年剩菜，也没见我爹我娘得癌症，再说了，我就是爱吃剩菜，怎么地吧？我得癌症得就得，早得早死早松心……"

"你、你、你……真是不可理喻，死不悔改，你愿得得去，别让我们也跟着'沾光'？儿子，别吃这个。"吴立冲到餐桌前抄起那盘菜，三步两步奔到厨房，连盘子带菜一下子都扔进了垃圾筒，伴随着身后儿子顿时起来的"哇哇"哭声。

"你这日子不想过就不过，明说，没必要整天这么鸡蛋里挑碎骨头，横挑鼻子竖挑眼的，你存心的是吧？这种穷苦受憋的日子我也早过够了……"孙芳，想直接地说出"离婚"那两个字，但最终还是没说出口，她是怕说出口了，连自己都对不起。孙芳嘴里的火气渐渐变成翻江倒海的委屈，"啪"地把筷子一摔，走到门前，甩掉脚上的拖鞋，趿上布鞋，一手拉门，抬脚走了。

吴立表情阴暗，从裤兜里掏出香烟、火机，一口接一口不停地抽起来。儿子还在哭，吴立喷了口烟，大声喝道："别哭了。"

儿子浑身一哆嗦，止住了哭声，但是眼里分明还夹着泪花儿……

以前，他们吵架吵到高潮，孙芳也说“不过，大不了就不过”的话，其实每次都是想着用这句话结束无聊的战争，好把吴立的火气压下去。吴立心里也明白。每每也知趣地打住，外出躲一会儿，又灰突突地回来。

而孙芳说出这句话，对自己的作用倒也时常有效，好像灭火剂，之前的怒意、埋怨和委屈也都没了，两个人又都恢复了平常。

有句俗话说的好，天下没有不吵架的夫妻，吵架是因为在意，如果真的不在意了，那是连架都懒得吵了，那才是真正的危险。

7

孙芳说走，其实她能往哪里走呢？她在这座城市没有亲戚，没同学，所认识的人只有她们单位那几个同事。她只能去单位的办公室，况且现在不是节假日，她是万不会请假的，她工作的那所私立学校，请假扣起钱来丝毫不含糊，请一天假不但要扣当天的工资，连每月一百元钱的全勤奖也没了，算起来要有一百五六十元钱，孙芳是绝对舍不得的。她顶多在单位怄一会儿气，晚上再回去，因为每天晚上都是说好了的，她要负责接孩子。

吴立抽着烟，看着儿子可怜害怕的样子，心又一下子软了下来，口气放轻了些说：“走，爸爸带你到外面吃去。”

吴立领孩子去街边小吃摊儿吃饭,然后把他送去了幼儿园。下午三点多钟，幼儿园打来电话，儿子病了。

吴立撂下手里的活儿急匆匆地往回赶。这是幼儿园头一次给他打电话，以往都是给妻子孙芳打。吴立心急火燎地赶到幼儿园，儿子正在老师办公室里打蔫儿。老师说儿子上吐下泻，还发烧，怕万一是得了什么大病。吴立二话没说，叫了出租车带着儿子去了附近的社区医院。儿子还是吐，还说头疼，大夫一番询问，说怀疑是脑炎，这里不好确诊，你看孩子吐得这么严重，还是赶紧带孩子去市医院吧，可千万不能耽误了……

吴立心里害怕，又叫了车带儿子去市医院，在车上给妻子孙芳打电话，孙芳就是不接，不知打了几十遍，后来就听到了“你所拨打的电话暂时无法接通”。吴立身上没带多少钱，他又给孙芳单位的办公室打。十分钟后，孙芳打过来。吴立当头就骂：“你死哪儿去了，孩子病了，我现在带他去市医院呢……”

孙芳那头儿一听这个也吓坏了。原来孙芳中午生气走得急，把手机落家里了。

半小时后，吴立来到市区医院挂了儿科专家号，一番检查，大夫建议住院观察，但没钱办不了住院手续，正着急，孙芳赶来了，从包里拿出一叠钱，另一只手还拿着俩人的工资卡："怎么了呀，儿子怎么了呀……"手足无措地伸手抱儿子，眼圈早红了，掉下泪来……

8

办好住院手续，大夫让儿子吃下一袋退烧药，然后挂了两瓶液体，说怕孩子脱了水。俩人一边一个守在儿子的病床边，都捏着儿子的小手，不时地抬头看药管里滴得快了还是慢了，看药瓶里还剩下多少。

好在，半夜烧退了，儿子精神好了许多，脸色也红润起来，还嚷嚷着饿了，要吃东西。可两个人没主意，不知道该不该给孩子吃，要吃的话，什么东西能吃、什么东西不能吃，小心到了万分，吴立忙去找值班大夫。

值班大夫说，这时候尽量不要给孩子吃东西，小孩子要闹，可以给他喝几勺小米粥。吴立回来把大夫的话说了，孙芳就只好哄孩子，又讲故事、又唱儿歌的，可儿子不干，就是一个劲儿嚷饿。

可这大半夜的去哪里给他弄小米粥呀，吴立在病房里急得转圈。邻床的一位伺候病人的大姐被闹醒了，说：“你去产科看看，他们那里晚上生孩子的，没准儿有带锅来预备小米粥的……”吴立马上像遇到了救星似的，急匆匆地向产科跑去。十几分钟后，吴立端着半纸杯小米粥回来了。

儿子喝下去，不闹了也精神了，闹着要玩玩具。吴立又只好跑到医院门口外面的流动百货车上把正盖着军大衣睡觉的大娘叫醒，给儿子买了一个玩具坦克车，像纸一样轻的一个小玩意要了他二十五元钱，但吴立没有还价。

儿子吃了小米粥，有了玩具，开心玩起来。此时吴立、孙芳两个人的心才放下来，困意也慢慢袭上来，都打起哈欠。吴立说：“你睡一会儿吧，我陪儿子。”

孙芳说：“我不困，我陪儿子。你眯一会儿吧，你在外面跑一天了，又带儿子折腾到了现在。”

两个人就这么让着谁也没睡，直到凌晨三点，儿子眼皮打架，把玩具扔下歪头睡了。吴立才对孙芳说：“你跟儿子一块眯一会儿吧，我去外面抽支烟。”

吴立在走廊里一支烟没抽完，就哈欠连天了，然后坐在走廊的椅子上把头靠在了墙上。

天亮了，主治大夫来查房的时候，看了看儿子，说应该是吃太多了，再可能就是受到了惊吓。吴立和孙芳两个人的脸都不由地有些红。

9

大夫说今天上午再吊一瓶液体，观察一下没事就办出院吧。

上午，儿子输玩液体就满楼道里跑闹了。

中午，从医院回到家后，儿子高高兴兴地去找他的玩具，而吴立和孙芳两个人看着一桌子的剩饭，表情都有些别扭。孙芳去收拾桌子，吴立去厨房拿起锅来刷。

孙芳说："你有什么事你忙去吧，我请好假了，在家陪孩子两天，没事了再送他上幼儿园……"

吴立说："你别请假了，我请吧。我请单位不扣钱……"

孙芳说："日子长着呢，咱不差那百八十元的。你一个大男人，总为家里的事请假，影响不好……"

吴立拿拖把去墩地，听见孙芳在厨房里恍惚地念叨了一句：

“我这回是长记性了，我再也不吃剩菜了。”

吴立听到这话，脸一下子红了，急忙转身走出家门。然而走在楼道里，他的脚步从来没有像今天这么沉重过，心里也一阵阵潮湿，眼圈发胀，孙芳跟自己活得不容易，应该是自己的错，自己没本事，可是孙芳没那么在意强求，倒是万般迁就，跟着自己过日子，自己却怎么这么“不懂事”呢？

虽然，这个世界有那么多的困难要去面对，但还有一个人肯不离不弃地为你坚持心中那份柔软，已是多么宝贵的事。

自己的爱情如此，而世间众生的爱情也当多一份虔诚的尊重和坚定的信念。

真实的世界与生活，不是我们有那一份美好的相遇，有那一场疯狂的相爱便足够，而是要我们这辈子都永远不怀疑那个理想，也不怀疑彼此，不后悔当初的选择，更要用一辈子的耐力和勇气去面对生活的平凡琐碎，烟火柴米，挫折风雨，都丝毫不动摇……

后记

生命就是一场相遇，一场爱的相遇。这场相遇，有欢喜，也有悲伤，虽世事无常，但每一场遇见，都不是为了说再见。不管我们尝过多少苦涩、辛酸，最终留在生命里的那些最有重量的在意，还是温暖的美。正是那些美给予的温度，让我们释然了所经历的孤独、忐忑、委屈、脆弱，阳光还会明媚，花还会开出幽幽的香。

所以，如果你们相遇，如果你们相爱，但愿你们相守，如一锅入味的老汤，请慢慢熬。

你喜欢了他的才华风趣，投降了他的浪漫真心，也不可回避地要迁就他的缺点，忍耐他的坏脾气，因为他不可能永远都像骑着白马的王子，彬彬有礼，温文尔雅，因为就算他十分愿意，这世界也不允许，因为他要面对的不只是你一个人。

你喜欢了她的漂亮温柔，在意她的不弃真情，那便也要接受她终将渐老的容颜，因为她不可能永远都活在 18 岁，尽管那是她一生都不曾放弃的梦想，努力一切办法，让自己永葆年轻，最起码保留优雅。当然，你更要迁就她偶尔烦躁的小脾气，因为她也不可能永远保持一个18岁小女生的小鸟依人，天真烂漫。

所以，谁也不要彼此强求谁做到无懈可击的完美，一是不可能，二也不公平。

都说“前世的五百次回眸，才换来今生的擦肩而过”“十年修得同船渡，百年修得共枕眠”，不过都是些诗文神话，不可全信。但这些话还是传了千年，也会再继续传诵下去，因为那不是叫你信，而是叫你懂得。

生而不易，本来难得，世界广大，人海茫茫，于千万人中，独独邂逅了他/她，按概率算，也的确是件不容易的事。能相爱，是幸运；能相守，更是难得的福气。只是，漫长一生，若没有一颗懂得珍惜的心，一件小事都可能会造成生变的缘由，小到生了烦恼，大到分崩离析，遗憾终生。

短短一世，当真是白驹过隙，一恍隔世。所以，既能相遇，便珍惜因缘；既然相爱，便好好相爱。许一世生死相依，朝夕相伴，白头终老，才是人生相爱一场的绝美。

相遇，说是偶然，也是偶然，正因为偶然才难得；说是必然，也是必然，只能努力，不因贫窘生闲隙，不因容老而移情，不因官权而背弃，不因财侈而迷离，才能对得起当初彼此相信的那份爱情。